少年读经典诗文

少年读唐诗三百首

宋立涛　主编

民主与建设出版社

·北京·

图书在版编目（CIP）数据

少年读唐诗三百首 / 宋立涛主编 . -- 北京：民主与建设出版社，2020.7

（少年读经典诗文；3）

ISBN 978-7-5139-3077-2

Ⅰ . ①少… Ⅱ . ①宋… Ⅲ . ①唐诗－少年读物 Ⅳ . ① I222.742

中国版本图书馆 CIP 数据核字（2020）第 103000 号

少年读唐诗三百首

SHAONIAN DU TANGSHI SANBAI SHOU

主　　编 宋立涛
责任编辑 刘树民
总 策 划 李建华
封面设计 黄　辉
出版发行 民主与建设出版社有限责任公司
电　　话 （010）59417747　59419778
社　　址 北京市海淀区西三环中路 10 号望海楼 E 座 7 层
邮　　编 100142
印　　刷 三河市燕春印务有限公司
版　　次 2020 年 8 月第 1 版
印　　次 2020 年 8 月第 1 次印刷
开　　本 850mm × 1168mm　1/32
印　　张 5 印张
字　　数 135 千字
书　　号 978-7-5139-3077-2
定　　价 198.00 元（全六册）

注：如有印、装质量问题，请与出版社联系。

前言

唐诗是中华民族最珍贵的文化遗产，是汉文化宝库中的一颗明珠。唐代被视为中国各朝代旧诗最丰富的朝代，因此有唐诗、宋词之说。

唐诗的题材非常广泛。有的从侧面反映当时社会的阶级状况和阶级矛盾，揭露了封建社会的黑暗；有的歌颂正义战争，抒发爱国思想；有的描绘祖国河山的秀丽多娇；此外，还有抒写个人抱负和遭遇的，有表达儿女爱慕之情的，有诉说朋友交情、人生悲欢的等等。总之从自然现象、政治动态、劳动生活、社会风习，直到个人感受，都逃不过诗人敏锐的目光，成为他们写作是题材。在创作方法上，既有现实主义的流派，也有浪漫主义的流派，而许多伟大的作品，则又是这两种创作方法相结合的典范，形成了我国古典诗歌的优秀传统。

一代有一代之文学，诗歌在唐朝二百八十九年间发展到了高度成熟的阶段，诸体完备，名家辈出，流派众多。至今流传下来的诗作有五万多首，可考的诗人有两千八百余人。在唐诗的普及和流播过程中，历代唐诗选本难以胜数，其中流传最广、在中国民间影响最大的是《唐诗三百首》。著名学者钱钟书先生曾在他的诗集序言中回忆《唐诗三百首》对自己的影响：“余童时从先伯父与先君读书，经、史、古文而外，有《唐诗三百首》，心焉好之。独索冥行，渐解声律对偶。”(钱钟书:《槐聚诗存·序》，生活·读书·新知三联书店 2002 年版)而作家王蒙在《非常中国》中赞道:“最能表达汉语汉字的特色的，我以为是中国的旧诗。一个懂中文的华人，只要认真读一下《唐诗三百首》，他或她的心就不可能不中国化了。”

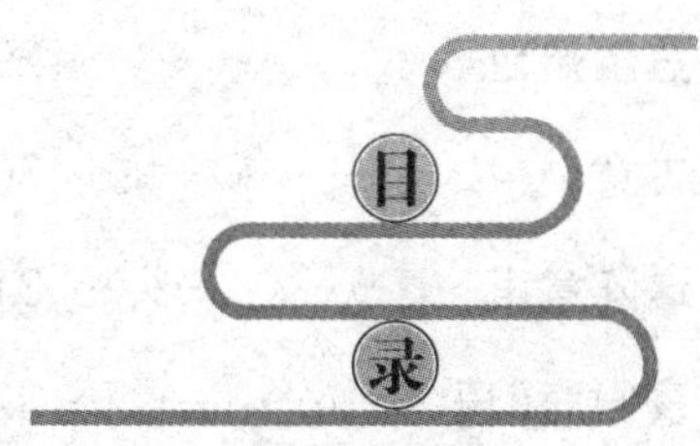
目
录

感遇[①]二首

张九龄

兰叶春葳蕤[②]，桂华秋皎洁[③]。
欣欣此生意[④]，自尔为佳节[⑤]。
谁知林栖者[⑥]，闻风坐相悦[⑦]。
草木有本心，何求美人折[⑧]。

注释

①原诗共有十二首，作于唐开元二十五年（737）张九龄被贬为荆州长史时。本诗借歌咏兰草和桂花抒发自己不慕权贵、不求名利的高尚情操。

②兰：即兰草，古人视兰草为香草，用来比喻高洁的操守。葳蕤：指草木枝叶茂盛的样子。

③桂华：即桂花，也是香草。古人常以“兰桂”连称。皎洁：明净。

④欣欣：欣欣向荣，指草木蓬勃茂盛。生意：即生机。

⑤自尔：从此。佳节：指春秋二季因为有了兰桂而成了最好的季节。

⑥林栖者：指山林隐士。

⑦闻风：指沐浴在兰桂的芬芳里。坐：因。悦：爱，赏。

⑧“草木”二句：春兰和秋桂竞相开放，吐露芬芳是它们的天性，并不是为了取悦于人，让人们摘取欣赏的。作者以此比喻自己要遵从美好的天性，行芳志洁，而不求人赏识，博取名利。本心：本质，天性。

江南有丹橘[①]，经冬犹绿林[②]。
岂伊地气暖[③]，自有岁寒心[④]。
可以荐嘉客[⑤]，奈何阻重深。
运命惟所遇，循环不可寻[⑥]。

徒言树桃李，此木岂无阴[⑦]。

注　释

①橘为嘉木，屈原曾作《橘颂》，称赞它志向高洁。此诗是作者借歌咏丹橘，来倾诉遭受排挤的愤懑心情，进而表达自己坚贞不屈的态度。丹橘：红橘。

②经冬：经过了整个冬天。犹：尚，还。

③岂：难道。伊：那里，此指江南。

④岁寒心：据《论语·子罕》，孔子有“岁寒，然后知松柏之后凋也”之语，后用以比喻节操坚贞。此指橘具有耐寒的本性。

⑤荐：赠给。

⑥“运命”二句：人的命运只能随境遇的起伏沉降而定，循环往复，其中的道理没法预料追寻。运命，犹言命运。

⑦“徒言”二句：只听有人说种桃树、李树，能得其蔽，能吃其果实，难道这橘树就没有绿荫吗？树桃李，《韩诗外传》记载，赵简子说：“春树桃李，夏得阴其下，秋得食其实。”树：种植。阴：同“荫”。

下终南山过斛斯山人宿置酒[①]

李　白

暮从碧山下，山月随人归。
却顾所来径[②]，苍苍横翠微[③]。
相携及田家[④]，童稚开荆扉[⑤]。
绿竹入幽径，青萝拂行衣[⑥]。
欢言得所憩[⑦]，美酒聊共挥[⑧]。
长歌吟松风[⑨]，曲尽河星稀[⑩]。
我醉君复乐，陶然共忘机[⑪]。

注　释

①这是一首访友诗，将下山之景、田家之幽和友人间的乐饮酣

歌描写得情景如画。终南山：为秦岭的主峰之一，在今陕西西安市南，是著名的隐居地。过：拜访，访问。斛斯山人：指复姓斛斯的山中隐士。

②却顾：回头望。

③翠微：山坡上草木翠绿茂盛。

④及：至，到。田家：农家。此指斛斯山人之家。

⑤童稚：小孩子。荆扉：用小树枝编成的院门，指柴门。

⑥青萝：即松萝，一种悬垂的绿色植物。

⑦憩：休息。

⑧挥：指举杯畅饮。

⑨松风：指古琴曲《风入松》。

⑩河星稀：银河中星光稀微，此指天快亮了。

⑪忘机：忘却世俗机巧之心。

月下独酌[①]

李　白

花间一壶酒，独酌无相亲。
举杯邀明月，对影成三人[②]。
月既不解饮[③]，影徒随我身。
暂伴月将影[④]，行乐须及春。
我歌月徘徊，我舞影零乱。
醒时同交欢，醉后各分散。
永结无情游[⑤]，相期邈云汉[⑥]。

注　释

①原诗有四首，此为第一首。以月下独饮为背景，想象以“月”与“影”为伴，抒发孤独无知音的苦闷。酌：喝酒。

②三人：指李白自己、月亮和人的影子。

③不解饮：不会饮酒。

④将：和。

⑤无情游：忘情的游乐。

⑥相期：相约。邈：远。云汉：银河。此指天上的仙境。

春 思[1]

李 白

燕草如碧丝，秦桑低绿枝[2]。
当君怀归日，是妾断肠时。
春风不相识，何事入罗帏[3]。

注 释

①此诗为闺情诗，描写春天将临，秦地少妇思念远戍燕地的丈夫之苦。

②“燕草”二句：燕地的草嫩绿如丝时，秦中的桑树早已茂盛，枝条也低垂了，说明两地时序不同。燕：今河北一带，诗中征人所在地。秦：今陕西一带。

③罗帏：丝织的帏帐。此指女子的闺房。

望 岳[1]

杜 甫

岱宗夫如何[2]，齐鲁青未了[3]。
造化锺神秀[4]，阴阳割昏晓[5]。
荡胸生层云[6]，决眦入归鸟[7]。
会当凌绝顶，一览众山小[8]。

注 释

①此诗作于开元二十四年（736）杜甫游齐、赵时，由望岳而生登临之想，表现了青年杜甫壮志凌云的气概和抱负。岳：指东岳泰山。

②岱宗：即泰山。因泰山别称岱

山，位居五岳之首，故称岱宗。

③齐鲁：春秋时，齐国在泰山之北，鲁国在泰山之南。后泛指山东一带为齐鲁。青：指泰山青翠的山色。未了：不尽，无穷无尽之意。

④造化：大自然。钟：聚集。

⑤阴：山北为阴，即山之背阴面。阳：山南为阳，即山之向阳面。割：分割。昏晓：山北背日故曰昏，山南向日故曰晓。

⑥荡胸生层云：意为山中云气吞吐，涤荡胸襟。

⑦决眦：睁大眼睛。决：裂开。眦：眼眶。

⑧“会当”二句：表达了作者昂扬向上，积极进取，欲攀登绝顶俯视一切的豪情。会当：终将，定要。凌：登上。绝顶：即泰山的最高峰。一览众山小，此句出自《孟子·尽心上》“登泰山小天下”。这是孔子的理想。

赠卫八处士[①]

杜　甫

人生不相见，动如参与商[②]。
今夕复何夕[③]，共此灯烛光。
少壮能几时，鬓发各已苍。[④]
访旧半为鬼[⑤]，惊呼热中肠[⑥]。
焉知二十载[⑦]，重上君子堂[⑧]。
昔别君未婚，儿女忽成行。
怡然敬父执[⑨]，问我来何方。
问答未及已[⑩]，儿女罗酒浆[⑪]。
夜雨剪春韭，新炊间黄粱[⑫]。
主称会面难，一举累十觞[⑬]。
十觞亦不醉，感子故意长[⑭]。
明日隔山岳，世事两茫茫。

注 释

①此诗作于乾元二年（759），杜甫为华州司功参军时。当时逢战乱，又遇荒年，老友相逢，感慨万千。卫八处士：姓卫，行八，名不详。处士：隐士。

②动如：动不动就像。动，动辄，往往。参与商：即参星与商星。参星居西方，商星居东方，天各一方，一星升起，一星落下，永不能相见。

③今夕复何夕：语出《诗经·唐风·绸缪》："今夕何夕，见此良人。"

④苍：灰白色。

⑤访旧：打听老朋友的消息。半为鬼：多半人已死去。

⑥热中肠：内心激动。

⑦焉知：哪知。

⑧君子：指卫八处士。

⑨怡然：和悦的样子。父执：父亲的好友。

⑩未及已：还没有说完。

⑪罗酒浆：摆酒设筵。

⑫新炊：新做的饭。间：掺和。黄粱：黄小米。

⑬累：接连。十觞：指好多杯。

⑭子：指卫八处士。故意：老友的情意。

梦李白[1]二首

杜 甫

其 一

死别已吞声，生别常恻恻[2]。
江南瘴疠地[3]，逐客无消息[4]。
故人入我梦，明我长相忆[5]。
恐非平生魂，路远不可测[6]。

魂来枫林青[7]，魂返关塞黑[8]。
君今在罗网[9]，何以有羽翼[10]？
落月满屋梁，犹疑照颜色[11]。
水深波浪阔，无使蛟龙得[12]。

注 释

①乾元元年（758）李白因参加永王李璘（玄宗第十六子）的军事行动，系浔阳狱，长流夜郎（今贵州桐梓县），第二年遇赦而归。此二首诗作于乾元二年（759）杜甫流寓秦州时。此时杜甫尚不知李白赦还，忧念成梦，成此二诗。

②“死别”二句：意谓生离比死别更让人伤痛。吞声：饮泣，泣不成声之意。已：只，止。恻恻：悲痛的样子。

③瘴疠地：南方湿热蒸郁，是易于致病之地。瘴疠：指瘴气瘟疫。

④逐客：被放逐的人，这里指李白。

⑤明：知晓。

⑥路远不可测：意谓担心李白在途中遭遇不测。

⑦枫林：宋玉《楚辞·招魂》：“湛湛江水兮上有枫。”此指李白所在的南方地区。枫：指枫香树。

⑧关塞：指杜甫所在的秦陇地区。

⑨在罗网：指李白获罪流放，如鸟在罗网之中。罗网：原为捕鸟的工具，此指法网。

⑩何以有羽翼：语出《胡笳十八拍》“焉得羽翼兮将汝归”句。

⑪犹疑：隐约。颜色：指李白之容颜。

⑫“水深”二句：祝福李白，道路艰险，万分小心，别再遭人陷害。

其 二

浮云终日行，游子久不至[1]。
三夜频梦君，情亲见君意[2]。
告归常局促[3]，苦道来不易[4]。
江湖多风波，舟楫恐失坠[5]。

出门搔白首，若负平生志。
冠盖满京华[⑥]，斯人独憔悴[⑦]。
孰云网恢恢，将老身反累[⑧]。
千秋万岁名，寂寞身后事[⑨]。

注释

①“浮云”二句：语出《古诗十九首》“浮云蔽白日，游子不顾反”诗意。浮云，飘浮不定的云。游子：在此指李白。

②情亲：情意亲厚。

③告归：告辞。侷促：不安的样子。

④苦道：反复诚恳地诉说。

⑤“江湖”二句：化用《汉书·贾谊传》“若夫经制不定，是犹度江河，亡维楫，中流而遇风波，船必覆矣”之意。楫：划船的用具，此指船。恐失坠：只怕翻船落水。

⑥冠盖：冠冕与车盖，在此指达官贵人。

⑦斯人：此人，指李白。憔悴：困苦萎靡的样子。

⑧“孰云”二句：谁说天道公正，名满天下的李白到老了却还被不幸牵累。网恢恢，老子《道德经》有“天网恢恢，疏而不漏”句，谓天理宏大公正，谁也不能逃脱。

⑨“千秋”二句：李白之名能千古流传，却无补于身后寂寞之悲。身后：死后。

送綦毋潜落第还乡[①]

王　维

圣代无隐者[②]，英灵尽来归[③]。
遂令东山客[④]，不得顾采薇[⑤]。
既至金门远[⑥]，孰云吾道非[⑦]？
江淮度寒食，京洛缝春衣[⑧]。
置酒长安道，同心与我违[⑨]。
行当浮桂棹[⑩]，未几拂荆扉[⑪]。

远树带行客，孤城当落晖⑫。

吾谋适不用，勿谓知音稀⑬。

注释

①此诗是诗人送友人归乡的赠行诗。綦毋潜：字孝通，盛唐诗人。落第：应试不中。

②圣代：当代的美称。

③英灵：杰出的人才。

④东山客：指隐士。东晋时谢安曾隐居会稽东山，故后世称隐居者为“东山客”。

⑤采薇：周武王灭商后，孤竹君之子伯夷、叔齐兄弟不食周粟，采薇于首阳山。薇：指野菜。此后遂以“采薇”代指隐居。

⑥金门远：此喻落第。金门：金马门，汉宫门名。汉代征召英才时，令贤士待诏金马门。此处指代朝廷。

⑦吾道非：《史记·孔子世家》记载，孔子出游，被困于陈蔡之间，对弟子说：“吾道非耶？吾何为至此？”子贡答：“夫子之道至大也，故天下莫能容夫子。”此句是对綦毋潜的安慰。

⑧“江淮”二句：这是推测说，綦毋潜由京返乡的途中，在洛阳自缝春衣在江淮过寒食节。江淮：长江、淮水。这是綦毋潜回乡必经之路。寒食：节名，古时以清明前一日或二日为寒食节，当日不得举火。京洛：洛阳。

⑨违：分离，分别。

⑩行当：即将，将要。浮桂棹：指乘船。桂棹，语出《离骚》：“桂棹兮兰枻。”指用桂木做的船桨，后泛指船。

⑪未几：没过多久。荆扉：用荆条做的门，即柴门。

⑫当：对着。

⑬“吾谋”二句：安慰綦毋

潜，偶然失利不必挂心，来日方长，还是有人会赏识你的才华的。吾谋适不用，《左传·文公十三年》载，秦大夫绕朝说：“子无谓秦无人，吾谋适不用也。”此处是说，綦毋潜的才华未被考官所赏识。知音稀，《古诗十九首》中《西北有高楼》有“不惜歌者苦，但伤知音稀”之句。知音：原指通晓音律的人，后亦称知己好友为“知音”。

送别[①]

王维

下马饮君酒[②]，问君何所之[③]。
君言不得意[④]，归卧南山陲[⑤]。
但去莫复问，白云无尽时。

注释

①这是一首送别仕途受挫归隐终南山友人的诗，对友人的归隐不无羡慕向往。

②饮君酒：请君喝酒。饮，请别人喝。

③何所之：往什么地方去。

④不得意：指仕途遭际不顺，无法展示才华。

⑤南山：指终南山。陲：边。

渭川田家[①]

王维

斜阳照墟落[②]，穷巷牛羊归[③]。
野老念牧童，倚杖候荆扉[④]。
雉雊麦苗秀[⑤]，蚕眠桑叶稀[⑥]。
田夫荷锄至[⑦]，相见语依依。
即此羡闲逸[⑧]，怅然吟式微[⑨]。

注释

①此诗以自然的笔触描写了乡村黄昏的山水田园景象，寄托向往之情，抒发宦海沉浮的徬徨。渭川：渭水。

②墟落：村庄。

③穷巷：深巷。

④荆扉：柴门。

⑤雉雊：野鸡鸣叫。

⑥蚕眠：蚕成长时，在蜕皮前，不食不动，似睡眠样，称“蚕眠”。

⑦荷：扛着。

⑧即此：就这样，此指所见上述的农家情景。羡闲逸：羡慕闲散安逸的生活。

⑨怅然：失意的样子。式微：《诗经·邶风》有《式微》一篇，咏服役者思归之情，有“式微，式微，胡不归”句。王维取其思归之意，表达去官归隐田园的愿望。

秋登兰山寄张五①

孟浩然

北山白云里，隐者自怡悦②。
相望试登高，心随雁飞灭③。
愁因薄暮起④，兴是清秋发。
时见归村人，沙行渡头歇⑤。
天边树若荠⑥，江畔洲如月⑦。
何当载酒来⑧，共醉重阳节⑨。

注释

①此诗描写清秋登高忆友的情景。兰山：一作“万山”，在今湖北襄阳县，山上多兰草，故名“兰山”。张五：当是张諲，永嘉人，官至刑部员外郎，与王维相善，长于书画。

②“北山”二句：化用晋陶弘景《诏问山中何所有赋诗以答》

“山中何所有，岭上多白云。只可自怡悦，不堪持赠君”诗意。北山：即上文所提“兰山”、“万山”。因山在襄阳县北，故称北山。隐者：孟浩然自称。

③灭：消失。

④薄暮：太阳将落山之时。

⑤沙行：在沙地上行走。渡头：渡口。

⑥天边树若荠：远看天边的树像荠菜一般细小。荠：荠菜，一种野菜，茎高数寸，叶可食用。

⑦洲：水中的小沙丘。

⑧何当：何时能够。

⑨重阳节：旧以阴历九月九日为重阳节，在这一天民间有登高、赏菊、饮酒等习俗。

夏日南亭怀辛大①

孟浩然

山光忽西落，池月渐东上②。
散发乘夕凉③，开轩卧闲敞④。
荷风送香气，竹露滴清响。
欲取鸣琴弹，恨无知音赏⑤。
感此怀故人，终宵劳梦想。

注释

①此诗由夏夜乘凉所见的自然景观巧妙过渡到怀念老友，景情相生。辛大：其人未详，但却是孟浩然的老朋友。

②池月：映在池水中的月亮。

③散发：披散开头发。古人在正式场合要束发戴冠，闲时就松开头发，披散下来。

④轩：窗。闲敞：宽绰幽静的地方。

⑤知音：相传春秋时钟子期能听出伯牙琴声中《高山》、《流水》之曲意，伯牙称之为知音。后以之比喻知心朋友。

宿业师山房待丁大不至[①]

孟浩然

夕阳度西岭，群壑倏已暝[②]。
松月生夜凉，风泉满清听。
樵人归欲尽，烟鸟栖初定[③]。
之子期宿来[④]，孤琴候萝径[⑤]。

注　释

①此诗描写诗人在山中等候友人的情景。宿：过夜，住宿。业师：名字叫业的僧人。山房：山中的屋舍，此指僧房。丁大：即丁凤，排行老大，生平不详，是诗人的朋友。

②壑：山谷。倏：忽然。暝：昏暗。

③烟鸟：暮霭中的飞鸟。

④之子：此人。期：约定。

⑤萝径：长满悬垂植物的小路。

寻西山隐者不遇[①]

丘　为

绝顶一茅茨[②]，直上三十里。
扣关无僮仆[③]，窥室惟案几。
若非巾柴车[④]，应是钓秋水[⑤]。
差池不相见[⑥]，黾俛空仰止[⑦]。
草色新雨中，松声晚窗里。
及兹契幽绝[⑧]，自足荡心耳[⑨]。
虽无宾主意，颇得清净理。
兴尽方下山，何必待之子[⑩]。

注　释

①此诗写攀山访友不遇却意外悟得纯任自然的玄理。

②茅茨：草屋。

③扣关：敲门。

④巾柴车：盖上了帷幔、构造简陋的车子，指隐士用的车。后引申为乘车行之意。语见自晋陶渊明《归去来兮辞》："或命巾车，或棹孤舟。"又见江淹《拟陶》诗"日暮巾柴车"句。

⑤钓秋水：在秋水中垂钓。《庄子·秋水》载庄子钓于濮水，不接受楚国官职事，后指隐居。

⑥差池：原为参差不齐。此指我来你往，交叉而错过之意。

⑦黾俛：踌躇不定的样子。仰止：敬慕、仰望。语自《诗经·小雅·车章》："高山仰止，景行行止。"

⑧契，惬意、融洽之意。

⑨荡心耳：指山中美景使感官与心胸涤荡清净。

⑩"兴尽"二句：语出《世说新语·任诞》，晋王徽之雪夜乘船到剡溪访友戴逵，至其门不入而返。人问其故，答曰："吾本乘兴而来，兴尽而返，何必见戴？"待：等待。之子：此人。指西山隐者。

春泛若耶溪[①]

綦毋潜

幽意无断绝[②]，此去随所偶[③]。
晚风吹行舟，花路入溪口。
际夜转西壑[④]，隔山望南斗[⑤]。
潭烟飞溶溶[⑥]，林月低向后，
生事且弥漫[⑦]，愿为持竿叟[⑧]。

注　释

①此诗描绘春夜泛舟若耶溪的幽美情趣和感受。若耶溪：即越溪，在今浙江绍兴市东南若耶山下，相传为越国美女西施浣纱处，

故又名浣纱溪。

②幽意：指隐居之心。

③偶：二人相遇。

④际夜：至夜，到了夜晚。

⑤南斗：即天上的星座名，因在北斗之南，故称。

⑥溶溶：形容暮霭迷蒙。

⑦生事：指世间之事。弥漫：渺茫混沌之意。

⑧持竿叟：即钓鱼翁。

宿王昌龄隐居[①]

常　建

清溪深不测，隐处惟孤云[②]。
松际露微月，清光犹为君。
茅亭宿花影，药院滋苔纹[③]。
余亦谢时去[④]，西山鸾鹤群[⑤]。

注　释

①这首诗作于辞官归隐途中，夜宿挚友入仕前居所，触景生情。王昌龄：字少伯，盛唐著名诗人，他与常建是同榜进士。

②隐处：隐居之处。

③药院：种着芍药的庭院。滋：生。

④余：我。谢时：摆脱世俗之累。

⑤鸾鹤群：与鸾鸟、仙鹤为伍。

与高适薛据登慈恩寺浮图[①]

岑　参

塔势如涌出[②]，孤高耸天宫。
登临出世界[③]，蹬道盘虚空[④]。
突兀压神州[⑤]，峥嵘如鬼工[⑥]。
四角碍白日[⑦]，七层摩苍穹[⑧]。

下窥指高鸟，俯听闻惊风。
连山若波涛，奔走似朝东。
青槐夹驰道[9]，宫观何玲珑[10]。
秋色从西来，苍然满关中。
五陵北原上[11]，万古青濛濛[12]。
净理了可悟[13]，胜因夙所宗[14]。
誓将挂冠去[15]，觉道资无穷[16]。

注释

①此诗作于天宝十一年（752）秋，岑参与高适、薛据、杜甫、储光羲五人同登慈恩寺塔。五人都有诗记其事，现惟薛诗佚失。高适：字达夫，一字仲武，渤海蓨（今河北景县）人，唐诗人。薛据：河东宝鼎人，开元进士，历任县令、司议郎、水部郎中等，终老于终南山别业。慈恩寺浮图：即今陕西西安大雁塔，为唐高宗永徽三年（652）唐僧玄奘所建。慈恩寺，在今西安市，是唐高宗作太子时，在贞观二十年（646）为其母文德皇后建造的，故以慈恩为名。浮图：梵语"佛陀"的音译，即佛塔。

②涌出：语本《法华经·见宝塔品》："佛前有七宝塔，……从地涌出，住在空中。"此处意谓塔突起于平地。

③出世界：走出尘世。世界，佛语，世指时间，界指空间，连用指宇宙。

④蹬道：梯级，指塔内阶梯石道。

⑤突兀：高耸的样子。神州：指中国。《史记·邹衍传》："中国名曰赤县神州。"

⑥峥嵘：高峻的样子。如鬼工：意谓非人力所能为。

⑦碍：遮挡。

⑧摩：挨、擦，即“直接”意。

⑨驰道：指皇帝车驾专用的御道。

⑩宫观：指皇帝的宫殿。玲珑：灵巧精致。

⑪五陵：指汉代五个皇帝的陵墓：高祖长陵、惠帝安陵、景帝阳陵、武帝茂陵、昭帝平陵。

⑫濛濛：苍润、茂盛的样子。

⑬净理：佛家清净的佛理。了：明白。

⑭胜因：佛语，指善因善缘。夙：平素，向来。宗：信奉。

⑮挂冠：辞官。

⑯觉道资无穷：此句是说，佛理中的善根功德对人的帮助是无穷尽的。觉道，正悟之大道，即佛道。资，意谓以善根功德资助自身。

贼退示官吏[①]并序

元结

癸卯岁，西原贼入道州[②]，焚烧杀掠，几尽而去[③]。明年，贼又攻永破邵[④]，不犯此州边鄙而退[⑤]。岂力能制敌欤？盖蒙其伤怜而已。诸使何为忍苦征敛[⑥]？故作诗一篇，以示官吏。

昔年逢太平，山林二十年。
泉源在庭户[⑦]，洞壑当门前。
井税有常期[⑧]，日晏犹得眠[⑨]。
忽然遭世变[⑩]，数岁亲戎旃[⑪]。
今来典斯郡[⑫]，山夷又纷然[⑬]。
城小贼不屠，人贫伤可怜。
是以陷邻境，此州独见全[⑭]。
使臣将王命[⑮]，岂不如贼焉。
今被征敛者，迫之如火煎[⑯]。

谁能绝人命，以作时世贤[17]？
思欲委符节[18]，引竿自刺船[19]。
将家就鱼麦[20]，归老江湖边。

注释

①唐代宗广德元年（763）癸卯年十二月，“西原蛮”攻陷道州。次年五月，元结任道州刺史。七月，“西原蛮”又攻破永州，但没有犯道州而去。朝廷派来的催征官吏却又来横征暴敛。元结感慨百姓贫困，不愿同流合污，故赋诗明志。贼：指对抗官府者。

②西原贼：指今广西西原地区的少数民族。因当时少数民族反对压迫，多次起义，与朝廷对抗，起义者被贬称为“贼”。道州：在今湖南道县。

③几：几乎。

④永：永州，在今湖南零陵县。邵：邵州，在今湖南邵阳市。

⑤此州：指道州。边鄙：边境。

⑥使：官吏。何为：为什么。

⑦户：门。

⑧井税：指田赋。常期：一定的日期。

⑨晏：晚。

⑩世变：指安史之乱。

⑪数岁：好几年。亲戎旃：指亲自参与战事。元结于乾元二年（759）任山南东道节度参谋，参加对叛军作战。戎旃，军中营帐。

⑫典斯郡：指任道州刺史。典，治理。

⑬山夷：山居的少数民族，即指“西原蛮”。

⑭见全：得以保全。

⑮使臣：指朝廷派来催征的官吏。将：奉。

⑯迫：逼迫。

⑰“谁能”二句：谁能断绝了百姓的生路，还被称作当今的贤臣呢？

⑱委符节：即弃官。委，弃。符节，古代将官受任时的凭证，是用玉、金属和竹等做成的，在上面刻上字从中分之，各取一

半，有事时则相合以为信。古时使臣出行须持符节，唐时刺史也持符节。

⑲刺船：撑船。

⑳将家：携带着全家。就鱼麦：意谓隐居乡间。

郡斋雨中与诸文士燕集[①]

韦应物

兵卫森画戟[②]，燕寝凝清香[③]。
海上风雨至，逍遥池阁凉。
烦疴近消散[④]，嘉宾复满堂。
自惭居处崇[⑤]，未睹斯民康[⑥]。
理会是非遣，性达形迹忘[⑦]。
鲜肥属时禁[⑧]，蔬果幸见尝。
俯饮一杯酒，仰聆金玉章[⑨]。
神欢体自轻，意欲凌风翔。
吴中盛文史[⑩]，群彦今汪洋[⑪]。
方知大藩地，岂曰财赋强[⑫]。

注释

①此诗作于贞元五年（789）韦应物在苏州刺史任上，表现了诗人作为当时东南诗坛领袖的气度。郡斋：指官署中的房舍。燕集：饮酒聚会。

②森：众多，密集。画戟：有刻饰的古兵器。此指官署中的仪仗。

③燕寝：卧室。凝清香：指所焚之香在屋里缭绕。

④烦疴：即烦闷。疴，疾病。

⑤崇：高。

⑥斯民：百姓。康：安乐。

⑦“理会”两句：意谓领悟事物的情理就能排遣是非，性情旷达就能不拘世俗。理会，领悟事物之通理。遣，排遣，消释。性

达，个性旷达。形迹，指世间俗务。

⑧鲜肥：此指荤腥之食物。时禁：古代正月、五月、九月禁止杀生，称为时禁。此诗中宴会正当五月时禁，不能食荤，只能吃素。

⑨聆：听。金玉章：指诸文人的篇章。

⑩吴中：苏州的古称，此指苏州地区。盛文史：文史之学昌盛。

⑪彦：美士，才德杰出的人。

⑫“方知”二句：方才知道苏州之所以被称为大郡，不仅仅是因为物产赋税收入比别的郡强，而且人文荟萃，学术昌明。大藩地，指大郡。藩，王侯封地称藩。

初发扬子寄元大校书①

韦应物

凄凄去亲爱②，泛泛入烟雾。
归棹洛阳人③，残钟广陵树④。
今朝此为别，何处还相遇。
世事波上舟，沿洄安得住⑤。

注释

①此诗作于大历九年（774）韦应物客游江汉返程时，描写与友人离别的情景。初发：启程。扬子：渡口名，在今江苏江都县南。元大：其人未详。校书：官名，校书郎的省称。

②去：离别。亲爱：指好友。

③棹：桨，也引申指船。洛阳人：去洛阳之人，即韦应物自称。

④广陵：即今江苏扬州市。

⑤沿：顺流。洄：逆流。

寄全椒山中道士[1]

韦应物

今朝郡斋冷[2]，忽念山中客。
涧底束荆薪[3]，归来煮白石[4]。
欲持一瓢酒，远慰风雨夕。
落叶满空山，何处寻行迹[5]。

注　释

①此诗作于韦应物滁州刺史任上，描写清秋寂寞，风雨怀人。全椒：今安徽省全椒县。山：指全椒县西三十里的神山。宋王象之《舆地纪胜》记载："神山在全椒县西三十里，有洞极深。唐韦应物《寄全椒山中道士》诗，此即道士所居也。"

②郡斋：指官署中的房舍。

③束：捆。荆薪：柴草。

④白石：典出葛洪《神仙传》卷二："白石先生者，中黄大人弟子也。……不肯修升天之道，但取不死而已，不失人间之乐。……常煮白石为粮，因就白石山居，时人故号曰'白石先生'。"此借喻全椒山中道士。

⑤"欲持"四句：本想执酒上山慰问，但风雨中的神山满是落叶，不知到何处去寻道士的踪迹。

长安遇冯著[1]

韦应物

客从东方来，衣上灞陵雨[2]。
问客何方来？采山因买斧[3]。
冥冥花正开[4]，飏飏燕新乳[5]。
昨别今已春[6]，鬓丝生几缕[7]？

注 释

①此诗作于大历十一年（776）春冯著自关东来长安时，于平易中写出朋友间深挚的情谊。冯著：河间（今河北河间）人，曾任洛阳尉、左补阙，与韦应物友善，多有唱酬。

②灞陵：即霸陵，汉文帝陵墓，在今西安市东，因地处霸上而得名。

③采山因买斧：此句有归隐山林之意。采山，进山采樵。

④冥冥：昏暗。形容下雨。

⑤飏飏：形容飞翔。燕新乳：此指初生之燕。

⑥昨别：上一年冬，冯著到过长安，故言。

⑦鬓丝：鬓间白发。

送杨氏女[①]

韦应物

永日方戚戚[②]，出行复悠悠[③]。
女子今有行[④]，大江溯轻舟[⑤]。
尔辈苦无恃[⑥]，抚念益慈柔。
幼为长所育[⑦]，两别泣不休。
对此结中肠，义往难复留[⑧]。
自小阙内训[⑨]，事姑贻我忧[⑩]。
赖兹托令门[⑪]，任恤庶无尤[⑫]。
贫俭诚所尚[⑬]，资从岂待周[⑭]。
孝恭遵妇道，容止顺其猷[⑮]。
别离在今晨，见尔当何秋[⑯]。
居闲始自遣[⑰]，临感忽难收[⑱]。
归来视幼女，零泪缘缨流[⑲]。

注 释

①此诗作于建中兴元年间韦应物任滁州刺史任上，是送女出嫁时的叮嘱训诫。杨氏女：指嫁到杨家的女儿。此女为韦应物之

长女。

②永日：整天。戚戚：伤悲的样子。

③悠悠：形容路途遥远。

④女子今有行：语本《诗经·邶风·泉水》："女子有行，远父母兄弟。"行，指出嫁。

⑤溯：逆水而行。

⑥尔辈：你们。指韦应物的孩子们。无恃：指母逝失去依靠。韦应物妻于大历十二年（777）去世。恃，依靠。

⑦幼为长所育：此句下作者自注曰："幼女为杨氏所抚育。"

⑧义往：指长女到了婚嫁年龄，应该出嫁。

⑨阙内训：指自幼丧母，缺乏闺中妇德的教诲。

⑩事姑：侍奉婆婆。贻我忧：意谓我担心她侍姑不周。贻，留。

⑪托：托付。令门：有名望的好人家。

⑫任：信任。恤：体恤，关怀。庶：庶几，差不多。无尤：没有过失。

⑬尚：推崇。

⑭资从：嫁妆。周：完备。

⑮容止：指仪容、行为举止。猷：规矩。

⑯尔：你，指长女。何秋：哪一年。

⑰自遣：自我排解。

⑱临感：临别时的伤感。难收：不能控制。

⑲零泪：流泪。缘：沿着。缨：系在下巴下的帽带。

晨诣超师院读禅经[①]

柳宗元

汲井漱寒齿，清心拂尘服[②]。
闲持贝叶书[③]，步出东斋读。
真源了无取[④]，妄迹世所逐[⑤]。
遗言冀可冥，缮性何由熟[⑥]？

道人庭宇静⑦，苔色连深竹。
日出雾露馀，青松如膏沐⑧。
澹然离言说⑨，悟悦心自足⑩。

注释

①此诗是柳宗元被贬为永州司马时所作，抒写读经的感想。诣：到。超师：法名为超的僧人。禅经：即佛经。

②“汲井”二句：意谓井水漱口，可以清心；穿衣时掸去灰尘，可以去垢；内外清洁，方可读佛经。汲井，从井中打水。清心，内心清静。服，穿衣。

③贝叶书：即佛经。因古印度僧人常用贝多罗树叶写经，故称。

④真源：指佛家的真谛。

⑤妄迹：虚妄之事，即指世俗事务。逐：追求。

⑥“遗言”二句：对佛经中的遗言，我还有希望能够心领神会，却不知道通过什么途径使我的本性修炼到精熟完满的程度。遗言，指佛家先贤的遗言。此指佛经中语。冀，希望。冥，暗合，指心悟。缮性，修养本性。熟，精熟。

⑦道人：有道之入，此指超师。

⑧“日出”二句：青松经雨露晨雾滋润后，在阳光的照耀之下，像油脂洗过一样润泽。膏：油脂。

⑨澹然：形容心境宁静。离言说：难以用言语来表达。

⑩悟悦：悟道之乐。足：满足。

溪居[1]

柳宗元

久为簪组束[2]，幸此南夷谪[3]。
闲依农圃邻[4]，偶似山林客[5]。
晓耕翻露草，夜傍响溪石[6]。
来往不逢人，长歌楚天碧[7]。

注释

①此诗是柳宗元被贬永州时所作，描写闲居的佳境。溪居：指柳宗元在永州零陵的冉溪边筑的屋舍。

②簪组：官吏的冠饰，此处用指为官生涯。束：束缚。

③南夷：古时对南方少数民族的贬称。此指永州地区。谪：贬官。

④农圃：农田。

⑤偶似：有时好像。

⑥响溪石：船桨碰溪石所发出的响声。

⑦楚天：指永州，因永州古属楚地之故。

塞上曲[1]

王昌龄

蝉鸣空桑林[2]，八月萧关道[3]。
出塞入塞寒，处处黄芦草。
从来幽并客[4]，皆共尘沙老。
莫学游侠儿[5]，矜夸紫骝好[6]。

注释

①此为写幽、并健儿的边塞诗。塞上曲：为唐新乐府辞，出自汉乐府《出塞》、《入塞》，属横吹曲辞。此题一作“塞下曲”。

②空桑林：指秋天桑林叶落，变得空疏。

③萧关：在今宁夏固原县东南。

④幽并客：幽州和并州的人。幽、并二州在今河北、山西和陕西一部分，此概指燕赵之地。

⑤游侠儿：指重意气、以勇武驰骋天下的人。

⑥矜夸：夸耀。紫骝：古骏马名。此指骏马。

塞下曲[①]

王昌龄

饮马度秋水，水寒风似刀。
平沙日未没，黯黯见临洮[②]。
昔日长城战[③]，咸言意气高[④]。
黄尘足今古[⑤]，白骨乱蓬蒿[⑥]；

注　释

①这是一首具有非战意味的边塞诗。塞下曲：唐新乐府辞，属横吹曲辞。

②黯黯：隐隐约约的样子。临洮：在今甘肃省岷县，唐时为边防要地。古长城西边的起点。

③长城战：指开元二年（714）唐军在临洮和吐蕃的战争。

④咸：都。

⑤足：充满。今古：从古至今。

⑥蓬蒿：野草。

关山月[①]

李　白

明月出天山[②]，苍茫云海间。
长风几万里，吹度玉门关[③]。
汉下白登道[④]，胡窥青海湾[⑤]。
由来征战地[⑥]，不见有人还。
戍客望边邑[⑦]，思归多苦颜。

高楼当此夜[8]，叹息未应闲。

注　释

①关山月为古乐府名，本为诉离别之苦。李白用此题写边塞戍士思归及闺中思夫的内容。

②天山：此指甘肃境内祁连山。

③玉门关：故址在今甘肃省敦煌西，为唐时边关，是通西域的关塞要道。

④汉：指汉朝。下：出兵之意。白登：白登山，在今山西省大同市东。据《汉书》记载，汉高祖亲征匈奴，曾被困于白登山。

⑤胡：此指吐蕃。青海湾：指青海湖，在今青海省西宁附近。

⑥由来：从来。

⑦戍客：守边将士。

⑧高楼：指在高楼中的远征边塞将士的妻子。

长干行[1]

李　白

妾发初覆额[2]，折花门前剧[3]。
郎骑竹马来[4]，绕床弄青梅[5]。
同居长千里，两小无嫌猜。
十四为君妇，羞颜未尝开[6]。
低头向暗壁，千唤不一回。
十五始展眉[7]，愿同尘与灰[8]。
常存抱柱信，岂上望夫台[9]。
十六君远行，瞿塘滟滪堆[10]。
五月不可触[11]。猿声天上哀[12]。
门前迟行迹，一一生绿苔。
苔深不能扫，落叶秋风早。
八月蝴蝶黄，双飞西园草。
感此伤妾心，坐愁红颜老。

早晚下三巴[13]，预将书报家[14]。
相迎不道远[15]，直至长风沙[16]。

注释

①此诗代商人妇自白，回忆其与夫君青梅竹马的童年，抒发盼君早归的急切和挚爱。长干行：乐府《杂曲歌辞》旧题，本为江南一带民歌，内容多写男女恋情。长干，地名，古时建业（今江苏南京市）有长干里，处秦淮河南岸，地近长江。《舆地纪胜》："江东谓山陇之间曰干，金陵五里有山冈，其间平地民庶杂居，有大长干，小长干，东长干，并是地名。"

②妾：古代妇女自称。

③剧：游戏。

④郎：古代妻子对丈夫的称呼。竹马：儿童游戏时，把竹竿当马骑，即称竹马。

⑤床：井栏杆。弄：玩。

⑥羞颜未尝开：指结婚后的害羞之意还没有释解。

⑦展眉：指懂得人事，不再害羞。

⑧愿同尘与灰：意谓愿与丈夫同生共死。

⑨"常存"二句：表达对夫妻情爱的坚信不疑。抱柱信，典出《庄子·盗跖》，相传古代尾生和一女子约会于桥下，到时女子未来，而潮水已至，尾生坚持不去，抱桥柱而被淹死。此后用来比喻信守诺言、忠贞不贰。望夫台，古时传说有丈夫久出不归，妻子在台上眺望，久而成石，此台称望夫台。

⑩瞿塘：瞿塘峡，长江三峡之一，在今重庆市奉节县。滟滪堆：瞿塘峡口的一块大礁石。

⑪五月不可触：指船只不要碰到礁石。阴历五月江水上涨，滟滪堆被江水淹没，往来船只极易触礁。《太平寰宇记》中民谣有"滟滪大如襆，瞿塘不可触"句。

⑫猿声天上哀：瞿塘峡两岸，高山耸立，山中群猿啼声凄厉，船行其间，闻猿啸之声似在天上。

⑬下三巴：指丈夫离开三巴顺流而下。三巴，巴郡、巴东、巴

西统称三巴，地在今重庆市东部。

⑭书：家信。

⑮不道远：不嫌远。

⑯长风沙：地名，在今安徽省安庆东长江边，地险水急。

游子吟[1]

孟 郊

慈母手中线，游子身上衣。
临行密密缝，意恐迟迟归。
谁言寸草心，报得三春晖[2]。

注 释

①此题下有自注："迎母溧上作。"可知此诗是孟郊为溧阳县尉时，迎养母亲时所作的。吟：诗体之一。

②"谁言"二句：谁说儿女微薄的孝心能报答得了阳光般温暖的母爱呢？寸草心，指小草生出的嫩芽，又象征儿女的孝心。寸草，小草。三春晖，指春天的阳光，也象征母爱。三春，春天。因春季有三个月，故称。

登幽州台歌[1]

陈子昂

前不见古人，后不见来者。
念天地之悠悠[2]，独怆然而涕下[3]。

注　释

①此诗是万岁通天初年（696），陈子昂随军北征契丹，登台而作。其诗意本《楚辞·远游》："惟天地之无穷兮，哀人生之长勤。往者余弗及兮，来者吾不闻。步徙倚而遥思兮，怊惝怳而乖怀。"慨叹人生短暂，宇宙无穷。幽州台：即蓟北楼，又叫蓟丘、燕台，相传是燕昭王为招揽人才而筑的黄金台，故址在今北京市。幽州，郡名，治所蓟，在今北京大兴县。

②悠悠：无穷无尽的样子。

③怆然：伤感悲凉的样子。涕：眼泪。

古　意[①]

李　颀

男儿事长征[②]，少小幽燕客[③]。
赌胜马蹄下[④]，由来轻七尺[⑤]。
杀人莫敢前[⑥]，须如猬毛磔[⑦]。
黄云陇底白云飞，未得报恩不得归。
辽东小妇年十五[⑧]，惯弹琵琶解歌舞[⑨]。
今为羌笛出塞声[⑩]，使我三军泪如雨。

注　释

①此诗为写幽燕客立功边关雄心和思乡之情的边塞诗。古意：即拟古诗。

②事长征：从军远征。

③幽燕：泛指今辽宁、河北一带，在唐时为边境地区。

④赌胜：逞强争胜。

⑤轻七尺：意谓不惧怕死亡。七尺，七尺之躯，此谓生命。

⑥杀人莫敢前：奋勇杀敌，使敌人不敢近前。

⑦须如猬毛磔：意谓胡须如刺猬毛一样纷张，以形容形貌威猛。猬毛磔，语本《晋书·桓温传》，称桓温姿貌威武，"眼如紫石棱，须作猬毛磔"。猬，刺猬。磔，张开。

⑧小妇：少妇。

⑨解：擅长之意。

⑩羌笛：据说笛出于羌中，故称。

送陈章甫[1]

李　颀

四月南风大麦黄，枣花未落桐叶长。
青山朝别暮还见，嘶马出门思旧乡。
陈侯立身何坦荡[2]，虬须虎眉仍大颡[3]。
腹中贮书一万卷，不肯低头在草莽。
东门酤酒饮我曹[4]，心轻万事如鸿毛。
醉卧不知白日暮，有时空望孤云高。
长河浪头连天黑，津吏停舟渡不得[5]。
郑国游人未及家[6]，洛阳行子空叹息[7]。
闻道故林相识多[8]，罢官昨日今如何[9]。

注　释

①此诗是李颀送陈章甫罢官还乡之作。陈章甫：楚人，开元中进士。

②陈侯：对陈章甫的尊称。

③虬须：蜷曲的胡须。大颡：宽额。

④酤酒；买酒。饮：使喝，作动词。我曹：我辈，我们。

⑤津吏：管理渡口的小官。

⑥郑国游人：指陈章甫。河南春秋时属郑国，陈曾在河南居住了很久。

⑦洛阳行子：作者自指。因李颀曾任新乡县尉，地近洛阳。

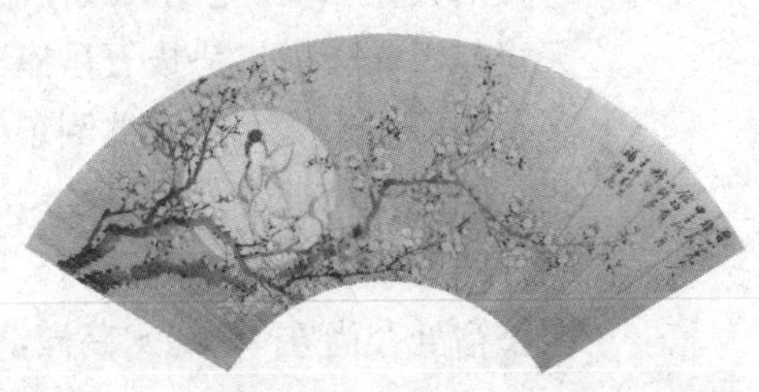

⑧故林：故乡。

⑨昨日：犹言过去。

夜归鹿门歌[1]

孟浩然

山寺钟鸣昼已昏[2]，渔梁渡头争渡喧[3]。
人随沙岸向江村，余亦乘舟归鹿门。
鹿门月照开烟树[4]，忽到庞公栖隐处[5]。
岩扉松径长寂寥[6]，唯有幽人自来去[7]。

注释

①此诗写夜归一路所见，抒发企慕古贤的情怀。鹿门：山名，在今湖北省襄阳。据《后汉书·庞公传》载，东汉时庞德公在鹿门山采药，是著名的隐者。孟浩然追慕先贤高致，也在此地隐居。

②昼已昏：指天色已近黄昏。

③渔梁：地名，指渔梁洲，在今湖北省襄樊境内。《水经注·沔水》载："沔水中有鱼梁洲，庞德公所居。"

④开烟树：指月光下，原先烟幕缭绕下的树木渐渐显现出来。

⑤庞公：即庞德公。

⑥岩扉：指山岩相对如门。

⑦幽人：隐者，孟浩然自称。

梦游天姥吟留别[1]

李　白

海客谈瀛洲[2]，烟涛微茫信难求[3]。
越人语天姥[4]，云霓明灭或可睹。
天姥连天向天横，势拔五岳掩赤城[5]。
天台四万八千丈，对此欲倒东南倾[6]。
我欲因之梦吴越，一夜飞度镜湖月[7]。
湖月照我影，送我至剡溪[8]。
谢公宿处今尚在[9]，绿水荡漾清猿啼。

脚著谢公屐[10]，身登青云梯[11]。
半壁见海日[12]，空中闻天鸡[13]。
千岩万壑路不定，迷花倚石忽已暝[14]。
熊咆龙吟殷岩泉[15]，慄深林兮惊层巅[16]。
云青青兮欲雨，水澹澹兮生烟[17]。
列缺霹雳[18]，丘峦崩摧[19]。
洞天石扉[20]，訇然中开[21]。
青冥浩荡不见底[22]，日月照耀金银台[23]。
霓为衣兮风为马[24]，云之君兮纷纷而来下[25]。
虎鼓瑟兮鸾回车[26]，仙之人兮列如麻。
忽魂悸以魄动[27]，恍惊起而长嗟[28]。
惟觉时之枕席[29]，失向来之烟霞[30]。
世间行乐亦如此，古来万事东流水。
别君去兮何时还，且放白鹿青崖间[31]，
须行即骑访名山。
安能摧眉折腰事权贵[32]，使我不得开心颜。

注 释

①此诗以写梦中佳境留别友人，表达遭谗离京，意欲寻仙的愤懑。天姥：山名。天姥山在今浙江天台县、嵊县和新昌县之间，为道教七十二福地之第十六福地，相传是因闻天姥歌声而得名。自六朝时起，天姥山就成为游览的胜地，并传说曾有仙人居其中。吟：诗体名，是歌行体中的一种。此诗又题作《别东鲁诸公》。

②海客：来自海上的人。瀛洲：古代传说东海中以蓬莱、方丈、瀛洲为海上三仙山，山中多居仙人。

③微茫：隐约迷离，形容海上烟雾飘渺、波涛天际的样子。

④越人：指当地人。天姥山古属越地。

⑤拔：超越。五岳：东岳泰山、南岳衡山、西岳华山、北岳恒山、中岳嵩山合称五岳。掩：压倒。赤城：山名。赤城山为仙霞岭支脉，正与天姥山相对，据说山色皆赤，故称赤城。

⑥“天台”二句：天台山虽高，但在天姥山面前，却像要向东南倾倒。上四句都是“越人语天姥”的内容。天台，即天台山，在今浙江天台县，天姥山东南面。四万八千丈，极言山之高。

⑦“我欲”二句：我听了越人的话，夜间梦游吴越之地，梦魂飞到镜湖，见到湖中之月。镜湖，即鉴湖，在今浙江绍兴。

⑧剡溪：水名。即曹娥江上游，在今浙江嵊县。

⑨谢公：即谢灵运。他曾游过天姥山，投宿剡溪。有《登临海峤与从弟惠连》诗曰；“暝投剡中宿，明登天姥岑。”

⑩谢公屐：据《南史·谢灵运传》记载，谢灵运曾为登山专门制作了一种木屐，上山去其前齿，下山去其后齿，世称“谢公屐”。

⑪青云梯：指陡峭的山石级。语本谢灵运《登石门最高顶》“惜无同怀客，共登青云梯”。

⑫半壁：半山腰。

⑬天鸡:《述异记》说桃都山上有大树，树上有天鸡，日出照临此树，天鸡就开始鸣叫，于是天下的鸡都随之报晓。

⑭暝：昏黑。

⑮殷：震动。

⑯慄：恐惧。巅：山顶。

⑰澹澹：水波闪动的样子。

⑱列缺：闪电。霹雳：雷鸣。扬雄《羽猎赋》:“霹雳列缺，吐火施鞭。”

⑲丘峦：山峰。

⑳洞天：道家所谓神仙居处。石扉：石门。

㉑訇然：轰然巨响。

㉒青冥：天空。

㉓金银台：神仙宫阙。语本郭璞《游仙诗》“神仙排云出，但见金银台。”

㉔霓：彩虹。

㉕云之君：指云神。《楚辞·九歌》中有《云中君》篇。

㉖鼓瑟：弹瑟。瑟，古代的一种弦乐器。鸾：仙鸟。

㉗魂悸以魄动：即魂魄悸动。悸，动。

㉘恍：恍然。长嗟：长叹。

㉙觉时：醒来时。

㉚向来：刚才。

㉛白鹿:《楚辞·哀时命》有“浮云雾而入冥兮，骑白鹿而容与”句，王逸注曰:“言已与仙人俱出，……乘云雾骑白鹿而游戏也。”以后诗人咏游仙时，白鹿即为游仙坐骑。

㉜摧眉折腰：低头哈腰。

金陵酒肆留别①

李　白

风吹柳花满店香，吴姬压酒劝客尝②。
金陵子弟来相送，欲行不行各尽觞③。
请君试问东流水，别意与之谁短长④。

注　释

①此诗是李白离开金陵，东游扬州前留赠友人之作。金陵：今江苏南京市。酒肆：酒店。

②吴姬：指酒店侍女，因金陵古属吴地，故称吴姬。压酒：取酒。酿就新酒，须压酒槽取之，故称压酒。

③尽觞：干杯。

④“请君”二句：请你问一问东流的江水，离别的情意与这水比起来，谁短谁长。

宣州谢朓楼饯别校书叔云①

李　白

弃我去者昨日之日不可留，乱我心者今日之多烦忧。
长风万里送秋雁，对此可以酣高楼②。
蓬莱文章建安骨③，中间小谢又清发④

俱怀逸兴壮思飞，欲上青天览明月[5]。
抽刀断水水更流，举杯销愁愁更愁。
人生在世不称意，明朝散发弄扁舟[6]。

注 释

①此诗是天宝末年李白在宣州饯别族叔时所作，以谢朓比李云，抒写在世不称意的苦闷。宣州：在今安徽宣城县。谢朓：字玄晖，阳夏（今河南太康）人，南朝时齐诗人。谢朓楼：谢朓任宣州太守时所建，又称北楼，唐时改名叠嶂楼。校书叔云：李白族叔，名李云，曾任秘书省校书郎。

②酣：畅饮。

③蓬莱文章建安骨：此为称赞李云的文章。蓬莱文章，此指李云的文章。因李云任秘书省校书郎，专事校订图书，故借蓬莱作比喻。蓬莱，《后汉书·窦章传》记载，东汉学者称朝廷藏书楼东观为“蓬莱山”，因为传说海上仙山蓬莱藏有“幽经秘籍”。此处借指李云所在的秘书省。建安骨，建安风骨。汉末建安年间，曹操父子和建安七子所作诗文苍劲刚健，史称“建安风骨”。

④小谢：谢朓。后人把他与谢灵运并称，称谢灵运“大谢”，称谢朓“小谢”。清发：清新秀发。此处是李白自比小谢。

⑤览：通“揽”，摘取。

⑥散发：古人平时都束发戴帽，闲散时松开头发，称散发。后因其有不受冠冕拘束之意，引申出弃官归隐之意。又因头发披散零乱，便有了疏狂放纵的意味。扁舟：小船。

走马川行奉送封大夫出师西征[1]

岑 参

君不见走马川行雪海边[2]，平沙莽莽黄入天[3]。
轮台九月风夜吼[4]，一川碎石大如斗，
随风满地石乱走。

匈奴草黄马正肥[5]，金山西见烟尘飞[6]，
汉家大将西出师[7]。
将军金甲夜不脱，半夜军行戈相拨[8]，
风头如刀面如割。
马毛带雪汗气蒸，五花连钱旋作冰[9]，
幕中草檄砚水凝[10]。
虏骑闻之应胆慑[11]，料知短兵不敢接[12]，
车师西门伫献捷[13]。

注释

①此诗当作于天宝十三年（754）九月，极力铺张自然环境的险恶以反衬大军的一往无前。走马川：地名，在北庭川，今新疆古尔班通古特。行：古诗体裁之一。封大夫：指封常清，蒲州猗氏（今山西临猗）人。天宝年间任北庭都护、伊西节度使、瀚海军使，调岑参任安西、北庭节度判官，军府驻轮台。因封常清曾任御史大夫，故称封大夫。西征：封常清于天宝十三年率军对突厥西叶护阿布思叛军余部用兵，一月之内，受降而归。

②雪海：山区名，为今新疆吉木萨尔县南之天山，因常年雨雪，雪峰层叠，故称雪海。

③莽莽：浩渺无边的样子。

④轮台：在今新疆库车县东。封常清驻军于此，岑参亦常居于此。

⑤匈奴草黄马正肥：据《汉书·匈奴传》记载，秋天草黄马肥时，匈奴人常侵汉境劫掠。

⑥金山：即阿尔泰山，在今新疆北部和蒙古人民共和国西部。此指敌军侵犯的方向。

⑦汉家大将：指封常清。

⑧戈相拨：指戈与铠甲互相碰击。

⑨五花连钱旋作冰：马鬃和马身上的雪与汗被冷风一吹很快冻成了冰。五花，即五花马。唐人剪马鬃成花状，三瓣称三花，五瓣称五花。连钱，指马身上斑驳如钱的花纹。旋，随即。

⑩草檄：起草军中征讨文书。

⑪慑：惧怕。

⑫料知短兵不敢接：敌人不敢短兵相接地战斗。短兵，指刀剑之类的短兵器。

⑬“车师”：古国名，唐时为北庭都护府治所北庭城。伫：站着等待。

白雪歌送武判官归京①

岑 参

北风卷地白草折②，胡天八月即飞雪③。
忽如一夜春风来，千树万树梨花开。
散入珠帘湿罗幕，狐裘不暖锦衾薄④。
将军角弓不得控⑤，都护铁衣冷犹着⑥。
瀚海阑干百丈冰⑦，愁云惨淡万里凝。
中军置酒饮归客⑧，胡琴琵琶与羌笛。
纷纷暮雪下辕门⑨，风掣红旗冻不翻⑩。
轮台东门送君去⑪，去时雪满天山路⑫。
山回路转不见君，雪上空留马行处。

注 释

①此诗与《轮台歌》作于同时，描写边地八月飞雪的奇丽景象，抒发送别武判官的无尽离思。白雪歌：乐府琴曲有《白雪歌》。判官：官名。唐时节度使、观察使下掌书记之官吏。武判官：其人不详。

②白草：因西域牧草秋天变白，故称。

③胡天：此处指西域的气候。

④衾：被子。

⑤角弓：以兽角为装饰的硬弓。控：

拉弦。

⑥都护：官名。唐时曾设安西等六大都护府，每府有大都护，管理行政事务。铁衣：护身铁甲衣。着：穿。

⑦瀚海：即大沙漠。阑干：犹言纵横交错的样子。

⑧中军：主帅所在的军营。此指主帅营帐。

⑨辕门：军营之门。

⑩风掣红旗冻不翻：红旗因被冰雪冻住，风吹也不能使它拂动。掣，拽动。

⑪轮台：轮台县，北庭都护府治所。

⑫天山：唐时称伊州、西州以北一带山脉为天山。

古柏行[①]

杜　甫

孔明庙前有老柏[②]，柯如青铜根如石[③]。
霜皮溜雨四十围[④]，黛色参天二千尺[⑤]。
君臣已与时际会，树木犹为人爱惜[⑥]。
云来气接巫峡长，月出寒通雪山白[⑦]。
忆昨路绕锦亭东[⑧]，先主武侯同閟宫[⑨]。
崔嵬枝干郊原古[⑩]，窈窕丹青户牖空[⑪]。
落落盘踞虽得地[⑫]，冥冥孤高多烈风[⑬]。
扶持自是神明力，正直原因造化功[⑭]。
大厦如倾要梁栋，万牛回首丘山重[⑮]。
不露文章世已惊[⑯]，未辞剪伐谁能送[⑰]。
苦心岂免容蝼蚁，香叶曾经宿鸾凤[⑱]。
志士仁人莫怨嗟，古来材大难为用。

注　释

①此诗作于唐代宗大历元年（766），以古柏礼赞追念孔明，亦以自喻自伤。古柏：指夔州（今重庆市奉节县）诸葛庙前的古柏。

②孔明庙：诸葛孔明庙有三处；一在定军山（今陕西勉县）；

一在成都，为武侯祠，附刘备庙中；一在夔州，与刘备庙分立。此指夔州孔明庙。

③柯：枝干。

④霜皮溜雨：树皮自而光滑。四十围：极言其粗。围，合抱曰围。

⑤黛色：青黑色。二千尺：极言其高。

⑥“君臣”二句：刘备、孔明君臣遇合，有德于民，人们怀念他们因而对树木更加爱惜。与时，因时。际会，遇合。此处用召伯甘棠之典。《左传·定公九年》：“《诗》曰：‘蔽芾甘棠，勿剪勿伐，召伯所茇。’思其人犹爱其树，况用其道而不恤其入乎？”

⑦“云来”二句：白天云来，云气与巫峡相接；夜晚月出，寒气来自雪山。此处形容柏树气象。雪山，岷山主峰，在四川松潘。

⑧路绕锦亭东：因武侯祠在草堂东面，故去武侯祠必绕道而行。锦亭，杜甫在成都的草堂有亭，因草堂近锦江，故称锦亭。

⑨閟宫：神宫，指祠庙。

⑩崔嵬：高大的样子。

⑪窈窕：幽深的样子。丹青：绘画。

⑫落落：指树独立挺拔的样子。盘踞：语自《西京杂记》载中山王《文木赋》：“或如龙盘虎踞。”此指古柏雄壮。得地：得其所在。

⑬冥冥：高空深远的样子。

⑭“扶持”二句：古柏经烈风而长存，自是神明着意扶持；其挺拔正直，是因为造物主赋予它力量。神明力、造化功，皆指自然的力量。

⑮万牛回首丘山重：语自鲍照诗：“丘山不可胜。”此言古柏重如丘山，万牛也拉不动。

⑯不露文章：指古柏不炫耀自己的花纹之美。文章，指古柏华美的花纹。

⑰未辞剪伐谁能送：古柏虽不避砍伐，可又有谁能采送。比喻栋梁之材虽想为世所用，但无人引荐。

⑱“苦心”二句：古柏的根茎虽难免遭蝼蚁侵害，但其枝叶上曾有鸾凤栖宿过。苦心：柏心味苦。蝼蚁：蝼蛄蚂蚁，喻小人。鸾凤：鸾鸟凤凰，喻贤人。

山石[1]

韩　愈

山石荦确行径微[2]，黄昏到寺蝙蝠飞。
升堂坐阶新雨足，芭蕉叶大支子肥[3]。
僧言古壁佛画好，以火来照所见稀[4]。
铺床拂席置羹饭，疏粝亦足饱我饥[5]。
夜深静卧百虫绝，清月出岭光入扉[6]。
天明独去无道路[7]，出入高下穷烟霏[8]。
山红涧碧纷烂漫[9]，时见松枥皆十围。
当流赤足踏涧石，水声激激风生衣。
人生如此自可乐，岂必局促为人鞿[10]。
嗟哉吾党二三子[11]，安得至老不更归[12]。

注　释

①此诗作于贞元十七年（801）韩愈在洛阳惠林寺时，描写游山寺的所遇、所见、所闻、所感。

②荦确：险峻不平的样子。微：狭窄。

③支子：即栀子，夏天开白花。

④稀：模糊，少见。

⑤疏粝：糙米饭。

⑥扉：门。

⑦无道路：意指随处闲走，不择路径。

⑧烟霏：指云雾。

⑨山红：指山花红艳。涧碧：指涧水碧绿。

⑩局促：约束之意。为人鞿：形容被人所控制。鞿，马络头。

⑪吾党二三子：意谓我的几个志趣相投的朋友。吾党，语出

《论语·公冶长》:“吾党之小子简狂。”二三子，语出《论语·述而》:“二三子以我为乎?”

⑫不更归：即再不归。更，再。

渔　翁[1]

柳宗元

渔翁夜傍西岩宿[2]，晓汲清湘燃楚竹[3]。
烟销日出不见人，欸乃一声山水绿[4]。
回看天际下中流，岩上无心云相逐[5]。

注　释

①此诗作于柳宗元被贬永州司马期间，以写渔翁写景，寄托超脱心绪。

②傍：靠。

③汲：打水。清湘：指湘江。楚竹：楚地之竹。因永州古属楚国，故称。

④欸乃：摇桨发出的声音。唐时湘中有渔歌《欸乃曲》，有人也认为此处指船歌。

⑤无心云相逐：语本陶渊明《归去来辞》“云无心以出岫”，指任意飘荡的云。

韩　碑[1]

李商隐

元和天子神武姿[2]，彼何人哉轩与羲[3]。
誓将上雪列圣耻[4]，坐法宫中朝四夷[5]。
淮西有贼五十载[6]，封狼生貙貙生罴[7]。
不据山河据平地，长戈利矛日可麾[8]。
帝得圣相相曰度[9]，贼斫不死神扶持[10]。
腰悬相印作都统[11]，阴风惨澹天王旗[12]。
愬武古通作牙爪[13]，仪曹外郎载笔随[14]。

行军司马智且勇[15]，十四万众犹虎貔[16]。
入蔡缚贼献太庙[17]，功无与让恩不訾[18]。
帝曰汝度功第一，汝从事愈宜为辞[19]。
愈拜稽首蹈且舞[20]，金石刻画臣能为[21]。
古者世称大手笔[22]，此事不系于职司[23]。
当仁自古有不让[24]，言讫屡颔天子颐[25]。
公退斋戒坐小阁[26]，濡染大笔何淋漓[27]。
点窜尧典舜典字，涂改清庙生民诗[28]。
文成破体书在纸[29]，清晨再拜铺丹墀[30]。
表曰臣愈昧死上[31]，咏神圣功书之碑。
碑高三丈字如斗，负以灵鳌蟠以螭[32]。
句奇语重喻者少[33]，谗之天子言其私[34]。
长绳百尺拽碑倒，粗砂大石相磨治[35]。
公之斯文若元气，先时已人人肝脾[36]。
汤盘孔鼎有述作，今无其器存其辞[37]。
呜呼圣王及圣相[38]，相与烜赫流淳熙[39]。
公之斯文不示后，曷与三五相攀追[40]。
愿书万本诵万遍[41]，口角流沫右手胝[42]。
传之七十有二代，以为封禅玉检明堂基[43]。

注释

①韩碑：指韩愈所作《平淮西碑》。唐宪宗元和十二年（817）十月，丞相裴度率军讨平反叛的淮西藩镇吴元济，节度使李愬雪夜入蔡州，生擒吴元济。十二月，诏命韩愈撰《平淮西碑》。因碑文中突出了裴度之功，引起李愬的不满。因李愬妻是唐安公主之女，故得入宫向宪宗陈述碑文不实。于是诏令磨去韩愈碑文，命翰林学士段文昌重撰勒石。比较两篇碑文，韩碑比较客观地评述了裴

度与李愬在战争中的作用和功绩，且文学价值也远胜段碑。李商隐支持韩愈的观点，在诗中推崇韩碑，称赞君圣相贤。

②元和天子：指唐宪宗。元和，宪宗的年号。

③彼何人哉：语出《孟子·滕文公》："舜何人也，予何人也。"轩与羲：轩指轩辕氏黄帝，羲指伏羲氏。此泛指三皇五帝。

④列圣耻：指宪宗之前的几个皇帝在平叛战争中的失败。唐自安史之乱以后，藩镇多有叛乱，君王蒙受耻辱。

⑤法宫：皇帝处理政事的宫殿。朝四夷：接受四方边远之地使节的朝见。

⑥五十载：自唐代宗宝应元年（762）李忠臣任淮西节度使，镇蔡州（今河南汝南）起，经过李希烈、陈仙奇、吴少诚、吴少阳至吴元济的割据，达五十余年。

⑦封狼：大狼。貙、罴：皆为猛兽，用来比喻藩镇凶狠残暴，几代相承。

⑧"不据"二句：藩镇自恃兵强将勇，不必据山河之险，竟然在平原地区公然对抗朝廷。日可麾，典出《淮南子·览冥训》："鲁阳公与韩构战酣，日暮，援戈而挥之，日为之反三舍。"麾，同"挥"。此处用来比喻对抗朝廷军队，反叛作乱。

⑨度：指裴度。

⑩贼斫不死：当时宰相武元衡、御史中丞裴度坚决主张出兵平定淮西，而节度使王承宗、李师道则要求赦免吴元济，以避免战事，朝中斗争激烈。元和十年（815）六月，李师道派刺客暗杀武元衡和裴度，武身死非命，而裴受伤，侥幸未死，后任为宰相。斫，砍。神扶持：天神保佑之意。宪宗得知裴度未死，说："度得全，天也。"

⑪都统：指行营都统，为讨伐藩镇军队的军事首领。当时裴度率军出征，以宰相之名，兼彰义军节度使、淮西宣慰招讨处置使。因韩弘为淮西行营都统，就只称宣慰处置使。事实上，仍行使都统之权。

⑫阴风：秋风。天王旗：皇帝的旗帜。裴度赴淮西时，已是秋

天，宪宗亲临通化门送行。

⑬愬：指邓随节度使李愬。武：指淮西都统韩弘之子韩公武。古：指鄂岳观察使李道古。通：指寿州团练使李文通。此四人皆为裴度的部将。牙爪：即爪牙，即得力助手之意。

⑭仪曹外郎：仪曹，指礼部郎中。外郎，当时司勋员外郎李正封、都官员外郎冯宿、礼部员外郎李宗闵都随军出征，任书记。

⑮行军司马：指以太子右庶子的身份为军中行军司马的韩愈。

⑯貔：貔貅，传说中的猛兽。

⑰入蔡：十月十五日，李愬攻入蔡州；十七日，擒吴元济。献太庙：吴元济被解押至京，献于太庙，后斩于独柳树。

⑱功无与让恩不訾：裴度之功自然当仁不让，而皇帝的恩遇也不可估量。裴度回朝，加金紫光禄大夫、弘文馆大学士，赐勋上柱国，封晋国公。訾，估量。

⑲“帝曰”二句：以皇帝语入诗。从事，州郡长官的幕僚都称从事。韩愈时为行军司马，也可称从事。宜为辞，应该写文章。指韩愈奉诏撰《平淮西碑》。

⑳稽首：叩头。

㉑金石刻画：指为钟鼎碑碣而写的歌功颂德之文。

㉒大手笔：典出《晋书·王殉传》，王珣梦见有人给他如椽大笔，醒来对人说：“此当有大手笔事。”后用指朝廷重要的诏令文书，也可代指著名的作家。

㉓不系于职司：与职司不相干。职司，指以撰写文章为职业的翰林。

㉔当仁自古有不让：语出《论语·卫灵公》：“当仁不让于师。”韩愈《进撰平淮西碑文表》曰：“兹事至大，不可以轻属人。”即有当仁不让之意。以上四句是韩愈之语，意为写碑文正是我的擅长，这种朝廷重要的文章，自古以来就称大手笔，不能让一般的翰林撰写，我正愿意承担。

㉕言讫：说完。屡颔天子颐：天子频频点头。颔：原指下巴，后用作点头之意。颐：面颊。

㉖公：指韩愈。斋戒：原指祭祀前表示虔诚的仪式。此处形容韩愈写文章前的郑重严肃的态度。

㉗濡染大笔何淋漓：形容韩愈写文章酣畅淋漓。

㉘“点窜”二句：韩愈的碑文追摹古代典诰雅颂之意。点窜，运用之意。尧典、舜典，都是《尚书》的篇名。涂改，也是运用之意。清庙、生民，《诗经》中的篇名。

㉙破体：行书的一种。又一说，韩愈之文意韵独创，破当时之文体。

㉚再拜：一种礼节。丹墀：皇宫内涂红漆的台阶。

㉛表：指韩愈所作《进撰平淮西碑文表》。臣愈昧死上：引用表中的话。古时臣下上书多用此语，以示敬畏。昧死：冒死。

㉜灵鳌：即灵龟。蟠：盘旋。螭：神龙。古时碑石下雕大龟以负碑，碑上刻着盘旋的龙纹作装饰。

㉝喻者：读懂碑文的人。

㉞谗之天子言其私：指李愬之妻进宫向皇帝述说碑文不实之事。

㉟“长绳”二句：指皇帝命推倒韩碑，磨去文字，让段文昌重撰碑文事。

㊱“公之”二句：韩愈的碑文早已深入人心。公：指韩愈。斯文：这篇碑文。元气：不可伤损的天然之气。

㊲“汤盘”二句：意谓韩碑就像汤盘孔鼎一样，器物虽已不存，但文字能流传下去。汤盘：商汤沐浴之盘，其铭文见《礼记·大学》。孔鼎：孔子祖先正考父之鼎，其铭文见《左传·昭公七年》。有述作：指盘鼎上都有文字。

㊳圣王：指唐宪宗。圣相：指裴度。

㊴相与：互相。烜赫：显耀。淳熙：耀眼的光辉。

㊵“公之”二句：韩碑如果不能流传后世，那宪宗的功绩又如何与三皇五帝相承接。示后：让后人看见。曷：怎么。三五：指三皇五帝。

㊶书：抄写。

㊷胝：印老茧。此用作动词，起老茧。

㊸“传之”二句：韩碑就像封禅时明堂的基石一样，一代代地流传下去。七十二代，《史记·封禅书》：“古者封泰山、禅梁父者七十二家。”封禅：古时帝王称扬功业的祭祀仪式。封：在泰山筑坛祭天。禅：在梁父山辟基祭地。玉检：封禅书的封套。明堂：天子接见诸侯、举行祭祀的场所。

古从军行①

李 颀

白日登山望烽火，黄昏饮马傍交河②。
行人刁斗风沙暗③，公主琵琶幽怨多④。
野云万里无城郭，雨雪纷纷连大漠。
胡雁哀鸣夜夜飞，胡儿眼泪双双落⑤。
闻道玉门犹被遮，应将性命逐轻车⑥。
年年战骨埋荒外，空见蒲桃入汉家⑦！

注释

①此乃拟古之作，描写塞外征戍的苦情，表达非战思想。从军行：古乐府《相和歌辞·平调曲》旧题，多写军旅生活。

②饮：使喝，作动词。交河：在今新疆吐鲁番，唐时为安西都护府治所。

③行人刁斗风沙暗：风沙弥漫，行人只能听见刁斗打更声。刁斗，古代军中铜制饮具，夜间用以打更。

④公主琵琶：汉武帝时，江都王女细君远嫁乌孙国王昆弥，为消除旅途愁闷，让乐工带上多种乐器，为“马上之乐”，琵琶亦是

其中之一。

⑤胡儿：在胡地的将士。

⑥“闻道”二句：听说玉门关还关闭着，不能回家，只能跟着将军去拼命。玉门：玉门关，在今甘肃敦煌西，为古时通西域之要道。遮：拦阻。据《史记·大宛传》记载，汉武帝时命李广利攻大宛取汗血马，战不利，李广利请求罢兵。汉武帝大怒，派臣关闭玉门关，断其归路，说：“军有敢入，斩之。”轻车：汉时有轻车将军。此处指将领。

⑦“年年”二句：一年年将士的死战牺牲，只换得葡萄进入了皇家宫廷。蒲桃入汉家，蒲桃今作葡萄。据《汉书·西域传》记载：“汉使采蒲陶、苜宿种归。”从此，葡萄传入中原。

老将行①

王　维

少年十五二十时，步行夺得胡马骑②。
射杀山中白额虎③，肯数邺下黄须儿④。
一身转战三千里，一剑曾当百万师。
汉兵奋迅如霹雳⑤，虏骑奔腾畏蒺藜⑥。
卫青不败由天幸⑦，李广无功缘数奇⑧。
自从弃置便衰朽，世事蹉跎成白首⑨。
昔时飞箭无全目⑩，今日垂杨生左肘⑪。
路傍时卖故侯瓜⑫，门前学种先生柳⑬。
苍茫古木连穷巷，寥落寒山对虚牖⑭。
誓令疏勒出飞泉⑮，不似颍川空使酒⑯。
贺兰山下阵如云⑰羽檄交驰日夕闻⑱。
节使三河募年少⑲，诏书五道出将军⑳。
试拂铁衣如雪色㉑，聊持宝剑动星文㉒。
愿得燕弓射大将㉓，耻令越甲鸣吾君㉔。
莫嫌旧日云中守㉕，犹堪一战立功勋㉖。

注释

①此篇为新乐府辞，咏一久经沙场的老将仍壮心不已，一心为国立功。

②胡马：匈奴人的马。据《史记·李将军列传》记载，汉名将李广曾被匈奴所擒，夺胡马而归。

③白额虎：事见《晋书·周处传》。晋名将周处年轻时为乡里除三害，入南山射杀白额虎（三害之一）。

④肯数："岂让"之意。邺下：曹操为魏王时，定都于邺，在今河北临漳县西南。黄须儿：即曹彰，曹操第二子。他性格慷慨刚猛，善骑射，曾远征乌丸，大胜而归。因胡须黄，故曹操称为"黄须儿"。"肯数"以上四句是写老将年轻时英勇激烈。

⑤霹雳：疾雷声。此处形容军兵作战迅猛。

⑥蒺藜：本为带刺的植物，此指铁蒺藜，对阵时用作障碍物。

⑦卫青：汉之名将，以征伐匈奴而至大将军。天幸：上天保佑之意。事见《史记·卫将军骠骑列传》。卫青姐姐的儿子霍去病出兵匈奴时，曾领兵深入匈奴境内，却能不受损失，多立战功，实有天幸。此本霍去病事，王维称卫青，是因卫、霍往往并称之故。

⑧数奇：运数不偶，即不吉利、不走运之意。此事见《史记·李将军列传》。李广戍边多年，屡立战功，却始终没有封侯。随卫青出征时，汉武帝认为他年高，暗示卫青不要让李广出战，怕不吉利。"李广"以上六句是说，老将在边塞英勇善战，但因不走运，总无大功。

⑨蹉跎：虚度岁月之意。白首：白发满头，指年老。

⑩无全目：鲍照《拟古》诗有"惊雀无全目"句，李善注引《帝王世纪》，后羿善射，曾与吴贺出游。吴贺要后羿射雀之左目，羿却误中右目，引为终身憾事。但羿之射术，却令人称颂。后以无全目来比喻射术精湛，能使鸟雀双目不全。

⑪今日垂杨生左肘：老将年老，肘下肌肉松垂，如肉瘤一般。垂杨生左肘，典出《庄子·至乐》："支离叔与滑介叔观于冥伯之丘，昆仑之虚，黄帝之所休。俄而柳生其左肘，其意蹶蹶然恶之。"

柳，“瘤”之假借字，肉瘤之意。古时杨、柳常合称并用，故王维在此处用“垂杨”代指“柳”。

⑫路傍时卖故侯瓜：喻老将之家贫。故侯瓜，典出《史记·萧相国世家》。召平本为秦之东陵侯，后为平民，因家贫，种瓜自养。瓜味甘美，世称“东陵瓜”。

⑬门前学种先生柳：喻老将闲散，欲学归隐。先生柳，陶渊明弃官隐居，因门前有五棵柳树，自号“五柳先生”。

⑭虚牖：敞开的窗。

⑮誓令疏勒出飞泉：此句典出《后汉书·耿弇传》。后汉将军耿弇出兵疏勒城，匈奴围之，绝城下涧水。耿弇在城中挖井十五丈，仍不见水，叹道：“闻昔贰师将军（李广利）拔佩刀刺山，飞泉涌出；今汉德神明，岂有穷哉！”便向井祈祷，果然得水。匈奴解围而去。疏勒：汉疏勒城，在今新疆什噶尔。

⑯颍川空使酒：事见《史记·魏其武安侯列传》：汉将军灌夫，颍川颍阳（今河南许昌）人，为人刚直。得势后使酒骂人，得罪丞相田蚡而被杀。使酒：纵酒使气。“不似”以上十句是说，老将被弃用后，虚度岁月，年老家贫，孤寂无靠，但仍心怀壮志，愿为国立功。

⑰贺兰山：在今宁夏西北部，唐时为前线。

⑱羽檄：军中加急文书。

⑲节使：使臣。古时使者持天子符节，以为信物，故称节使。三河：汉时以河东、河内、河南为三河，辖境在今山西西南部和河南北部一带。

⑳五道出将军：典出《汉书·常惠传》：“本始一年，……汉大发十五万骑，五将军分道出。”此即谓将军带兵分五路出击。

㉑铁衣：盔甲。

㉒聊：且。动星文：指剑上七星纹饰闪光流动。相传春秋时伍子胥所用宝剑上有七星，价值连城。后人常以七星形容宝剑。

㉓燕弓：古时燕地所产的弓以坚劲著名，故硬弓又称燕弓。

㉔聊令越甲鸣吾君：老将抱定必死的决心。越甲，越国军队。鸣吾君，惊扰我的国君。此句事见《说苑·立节》。越国军队攻到齐国，雍国子狄请求自杀。齐王问其故，他答道："今越甲至，其鸣吾君也。"便刎颈而死。越军听说，解甲而退。

㉕莫嫌旧日云中守：老将希望复出，被委以重任。旧日云中守，指汉名将魏尚。事见《汉书·冯唐传》。汉文帝时，魏尚为云中太守，体恤将士，身先士卒，匈奴不敢犯境，但却因小过失被削职罚作苦役。冯唐为此在汉文帝前分说原委，文帝当天即令冯唐持节赦免魏尚，仍为云中太守。云中：汉郡名，治所在今内蒙古托克托。

㉖"犹堪"以上十句：老将听说边事紧急，朝廷派军出征，愿意复出立功，为国而战。

桃源行①

王　维

渔舟逐水爱山春，两岸桃花夹古津②。
坐看红树不知远③，行尽青溪忽值人。
山口潜行始隈隩④，山开旷望旋平陆⑤。
遥看一处攒云树⑥，近入千家散花竹⑦。
樵客初传汉姓名，居人未改秦衣服⑧。
居人共住武陵源⑨，还从物外起田园⑩。
月明松下房栊静⑪，日出云中鸡犬喧。
惊闻俗客争来集⑫，竞引还家问都邑⑬。
平明闾巷扫花开⑭，薄暮渔樵乘水入。
初因避地去人间⑮，更问神仙遂不还。
峡里谁知有人事，世中遥望空云山。
不疑灵境难闻见⑯，尘心未尽思乡县。
出洞无论隔山水，辞家终拟长游衍⑰。

自谓经过旧不迷[18]，安知峰壑今来变。
当时只记入山深，青溪几度到云林。
春来遍是桃花水[19]，不辨仙源何处寻。

注释

①此为新乐府，咏《桃花源记》故事。原题下注“时年十九”。桃源：即陶渊明《桃花源记》所述之桃源。

②津：溪流。

③红树：指桃花林。

④隈隩：山崖弯曲处。

⑤旷望：即远望。旋：忽然。

⑥攒：聚集。

⑦散花竹：花与竹散布各处。

⑧“樵客”二句：即用《桃花源记》“自云先世避秦时乱，率妻子邑人来此绝境，不复出焉”和“不知有汉，无论魏晋”文意。樵客初传汉姓名，桃源中人第一次听说汉朝的名字。樵客，打柴人。此指桃源中人。

⑨武陵源：指武陵溪水之源头，即桃花源。

⑩物外：世外。

⑪房栊：窗户。

⑫俗客：指武陵渔人。

⑬都邑：指居人原来的家乡。

⑭平明：天刚亮。

⑮避地：为避乱而寄迹他方。去：离。

⑯灵境：仙境。

⑰游衍：游乐。

⑱自谓：自以为。

⑲桃花水：即桃花汛。春天桃花盛开时节，雨水不断，河水涨溢。

蜀道难[1]

李白

噫吁嚱[2]，危乎高哉！
蜀道之难，难于上青天！
蚕丛及鱼凫，开国何茫然[3]。
尔来四万八千岁[4]，不与秦塞通人烟[5]。
西当太白有鸟道[6]，可以横绝峨眉巅[7]。
地崩山摧壮士死，然后天梯石栈方钩连[8]。
上有六龙回日之高标[9]，下有冲波逆折之回川[10]。
黄鹤之飞尚不得过，猿猱欲度愁攀缘[11]。
青泥何盘盘[12]，百步九折萦岩峦[13]。
扪参历井仰胁息[14]，以手抚膺坐长叹[15]。
问君西游何时还[16]，畏途巉岩不可攀[17]。
但见悲鸟号古木[18]，雄飞从雌绕林间。
又闻子规啼夜月[19]，愁空山。
蜀道之难，难于上青天，使人听此凋朱颜[20]。
连峰去天不盈尺[21]，枯松倒挂倚绝壁。
飞湍瀑流争喧豗[22]，砯崖转石万壑雷[23]。
其险也若此，嗟尔远道之人胡为乎来哉[24]！
剑阁峥嵘而崔嵬[25]，一夫当关，万夫莫开。
所守或匪亲，化为狼与豺[26]。
朝避猛虎，夕避长蛇，
磨牙吮血，杀人如麻[27]。
锦城虽云乐[28]，不如早还家。
蜀道之难，难于上青天，侧身西望长咨嗟[29]。

注释

①《蜀道难》原为乐府《相和歌·瑟调曲》的旧题，备言蜀道之险阻。李白承古意，用古调，却能创为新声。全诗险难与奇伟交融，形成雄健奔放的气势。蜀道：指入四川的山路。

②噫吁嚱：惊叹声。

③"蚕丛"二句：蜀国开国史事，久远难知。蚕丛、鱼凫，皆是传说中古蜀国的国王。茫然：渺茫难知。

④尔来：自那时以来。四万八千岁：极言时间长久，并非实指。

⑤秦塞：秦地。今陕西一带。

⑥太白：太白山，秦岭主峰。鸟道：指极险窄的山路，仅容鸟飞过。

⑦横绝：横渡。峨眉巅：峨眉山顶。

⑧"地崩"二句：据《蜀王本纪》、《华阳国志·蜀志》记载，相传秦惠王赠五美女给蜀王，蜀王派五丁力士迎回。走至梓潼，见一大蛇入穴中，五力士共拉蛇尾使出，忽然山崩，力士、美女皆压死。从此山分五岭，秦蜀之间通道始得以开通。此二句即咏其事。天梯：此指陡峭山路。石栈：山险处凿石架木筑成的通道。

⑨上有六龙回日之高标：意谓蜀中山极高，连六龙日车也被阻挡，只能回车。六龙回日：相传羲和驾六龙、载日神，每日由东而西驶之。高标：指高山。

⑩回川：迂曲的河流。

⑪"黄鹤"二句：状言山之高险。黄鹤：即指黄鹄，最善高飞。猿猱：统指猿猴一类。

⑫青泥：青泥岭，入蜀要道，在今陕西略阳。盘盘：形容盘旋曲折。

⑬萦岩峦：指曲折的山路在山峦中回绕。萦：绕。

⑭扪参历井：是说因山路极高，可以摸到天上的星宿。参和井都是天上的星宿。古时以星宿分野，来划分地上区域。参为蜀的分野，井为秦的分野。胁息：屏住呼吸。

⑮膺：胸部。

⑯西游：因蜀在秦之西，故入蜀称西游。

⑰畏途：令人可畏的艰险之途。巉岩：险峻山岩。

⑱号：悲鸣。

⑲子规：杜鹃鸟，相传是蜀帝杜宇魂魄所化，蜀中最多，鸣声悲哀。

⑳凋朱颜：容颜衰老。

㉑去：离。盈：满。

㉒飞湍：飞下的急流。喧豗：喧闹声。

㉓砯崖转石：指水在峭岸岩石上往复冲击。砯，水击岩石。万壑雷：指水击岩石在山谷中发出惊雷声。壑，山谷。

㉔嗟：感叹词。尔：你。胡为乎来哉：为什么啊要来呀！

㉕剑阁：即剑门关，为川北门户，在今四川剑阁县北。地在两山之间，易守难攻。峥嵘而崔嵬：山峦险峻的样子。

㉖“所守”二句：如果守关之人不是可靠良善之人，那就同遇着豺狼一样。或：如果。匪亲：不是可靠的人。

㉗“杀人”以上四句：行于蜀道，既要躲避毒蛇猛兽，还要防备杀人强盗。

㉘锦城：今四川成都。古时以产锦闻名，故称锦城，或锦官城。

㉙咨嗟：叹息。

长相思[1]二首

李　白

其　一

长相思，在长安。
络纬秋啼金井阑[2]，微霜凄凄簟色寒[3]。
孤灯不明思欲绝，卷帷望月空长叹。
美人如花隔云端[4]，上有青冥之长天[5]，
下有渌水之波澜[6]。

天长地远魂飞苦，梦魂不到关山难[7]。
长相思，摧心肝[8]。

注　释

①李白所作《长相思》共三首，此处选了两首。均咏闺中少妇对远戍丈夫的相思之苦。长相思：古代乐府中属《杂曲歌辞》，多以“长相思”起首，末以三字作结，咏男女相思缠绵之意。

②络纬：一种昆虫，又叫莎鸡，俗称纺织娘。金井阑：精致的井边栏杆。

③簟：竹席。

④美人：指所思念的人。

⑤青冥：高远的青天。

⑥渌水：清水。

⑦关山难：指道路艰险难行。

⑧摧：伤。

其　二

日色欲尽花含烟[1]，月明如素愁不眠[2]。
赵瑟初停凤凰柱[3]，蜀琴欲奏鸳鸯弦[4]。
此曲有意无人传，愿随春风寄燕然[5]，
忆君迢迢隔青天[6]。
昔时横波目[7]，今作流泪泉。
不信妾肠断，归来看取明镜前[8]。

注　释

①花含烟：花丛中绕缭着水雾。

②素：白绢。

③赵瑟：相传古时赵国人善于弹瑟，故此称赵瑟。凤凰柱：刻成凤凰形状的瑟柱。

④蜀琴：据说蜀中桐木适宜做琴，故古诗中好琴往往称作蜀琴。

⑤燕然：燕然山，又名杭爱山，在今蒙古国中部。此指丈夫征戍之地。

⑥迢迢：形容道途遥远。

⑦横波目：秋波流动的眼睛。

⑧“不信”二句：你要不信我为你相思断肠，你回家时在明镜前就看看我的容颜（怎样憔悴）。

行路难[①]

李　白

金樽清酒斗十千[②]，玉盘珍羞直万钱[③]。
停杯投箸不能食[④]，拔剑四顾心茫然。
欲渡黄河冰塞川，将登太行雪满天[⑤]。
闲来垂钓坐溪上，忽复乘舟梦日边[⑥]。
行路难，行路难，
多歧路，今安在？
长风破浪会有时[⑦]，直挂云帆济沧海[⑧]。

注　释

①李白此题下原有三首，这是第一首。写辞官还家放浪江湖的愤懑和徬徨。行路难：乐府《杂曲歌辞》之旧题，以言世路艰难以及离别伤悲为内容。

②金樽：指精美的酒器。斗十千：一斗酒值十千钱，极言酒好价高。此用曹植《名都篇》“归来宴平乐，美酒斗十千”之语。

③珍羞：珍贵的菜肴。直：值。

④箸：筷子。

⑤太行：太行山。

⑥“闲来”二句：用两个典故，比喻人生遇合无常。垂钓坐溪上，传说姜太公未遇周文王时，曾在渭水磻溪垂钓。乘舟梦日边，传说伊尹见商汤前，曾梦见乘舟经过日月边。

⑦长风破浪：据《宋书·宗悫传》记载，宗悫在回答叔父宗炳志向是什么的提问，对答道：“愿乘长风破万里浪。”

⑧云帆：此指大海中的航船。济：渡。沧海：大海。

将进酒[①]

李　白

君不见，黄河之水天上来，奔流到海不复回。
君不见，高堂明镜悲白发，朝如青丝暮成雪[②]。
人生得意须尽欢，莫使金樽空对月[③]。
天生我材必有用，千金散尽还复来。
烹羊宰牛且为乐，会须一饮三百杯[④]。
岑夫子，丹丘生[⑤]，
将进酒，杯莫停。
与君歌一曲，请君为我倾耳听。
钟鼓馔玉何足贵[⑥]，但愿长醉不愿醒。
古来圣贤皆寂寞，唯有饮者留其名。
陈王昔时宴平乐，斗酒十千恣欢谑[⑦]。
主人何为言少钱[⑧]，径须沽取对君酌[⑨]。
五花马，千金裘[⑩]，
呼儿将出换美酒[⑪]，与尔同销万古愁。

注释

①此诗借酒抒怀，诗人以睥睨权贵、弃绝世俗的气概在醉乡中实现对不如意现实的超越。将进酒：是乐府《鼓吹曲·汉铙歌》的旧题，本以欢宴饮酒放歌为内容。将：请。

②“朝如”以上四句：意谓岁月易逝，人生易老。青丝，黑发。

③金樽：指精美的酒器。

④会须：正当。

⑤岑夫子：即岑勋，南阳人。丹丘生：即元丹丘。二人都是李白之友。

⑥钟鼓馔玉：泛指富贵豪华的生活。钟鼓：富贵人家宴会时用的乐器。馔玉：吃精美的饮食。馔：吃喝。

⑦“陈王”二句：化用曹植《名都篇》中句：“归来宴平乐，美酒斗十千。”陈王：指三国魏之曹植，被封陈王。平乐：指平乐观。斗酒十千：一斗酒值十千钱。极言酒好。恣：任意。欢谑：欢笑。

⑧何为：为什么。

⑨沽取：买来。

⑩五花马：指名贵的马。唐开元天宝时期，好马的鬃毛都被剪成花瓣形，三瓣称三花，五瓣称五花。千金裘：名贵的皮衣。《史记·孟尝君传》：“孟尝君有一狐白裘，值千金，天下无双。”

⑪将出：取出。

兵车行[①]

杜　甫

车辚辚[②]，马萧萧[③]，行人弓箭各在腰[④]。
爷娘妻子走相送[⑤]，尘埃不见咸阳桥[⑥]。
牵衣顿足拦道哭，哭声直上干云霄[⑦]。
道傍过者问行人[⑧]，行人但云点行频[⑨]。
或从十五北防河[⑩]，便至四十西营田[⑪]。
去时里正与裹头[⑫]，归来头白还戍边。
边庭流血成海水，武皇开边意未已[⑬]。
君不闻汉家山东二百州[⑭]，千村万落生荆杞[⑮]。
纵有健妇把锄犁，禾生陇亩无东西[⑯]。

况复秦兵耐苦战[17]，被驱不异犬与鸡[18]。
长者虽有问[19]，役夫敢申恨[20]？
且如今年冬，未休关西卒[21]。
县官急索租[22]，租税从何出？
信知生男恶[23]，反是生女好。
生女犹得嫁比邻[24]，生男埋没随百草[25]。
君不见青海头[26]，古来白骨无人收，
新鬼烦冤旧鬼哭，天阴雨湿声啾啾[27]！

注释

①此诗当作于天宝十年（751）。天宝九年六月，哥舒翰攻克吐蕃石堡城，但唐军死伤数万人。十二月，关西游奕使王难得又与吐蕃交战。战争使内郡凋敝，民不聊生，杜甫作诗讥刺之。

②辚辚：车行声。

③萧萧：马鸣声。

④行人：行役之人。

⑤妻子：妻子和儿女。

⑥咸阳桥：在咸阳西南渭水上，秦汉时称"便桥"，为出长安西行必经之地。

⑦干：冲。

⑧过者：杜甫自称。

⑨点行：按户籍依次点名，强行征调。频：多次。以下是行人的答话。

⑩十五：十五岁。防河：亦称防秋，即调集军队守御河西，以防吐蕃于秋季侵犯骚扰。

⑪四十：四十岁。营田：屯田，戍边时期战时作战，平时种田。

⑫里正：唐时每百户为一里，设里正一人，管理农桑、赋役、户籍等事。与裹头：古时人以皂罗三尺裹头做头巾。因应征者年纪太小，故里正替他裹头。

⑬武皇开边意未已：有讽刺唐玄宗黩武之意。武皇，指汉武帝。此隐喻唐玄宗。开边：开拓边境。意未已：没有停止的想法。

⑭山东：指华山以东。二百州：唐于潼关以东凡设二百一十七州。

⑮荆杞：荆棘等灌木丛。

⑯无东西：指庄稼长得不成行列，难辨东西。

⑰秦兵：即关中之兵，最善勇战。

⑱被驱：被役使。

⑲长者：行人对杜甫的尊称。

⑳役夫：行人自称。敢：岂敢。

㉑“且如”二句：指关西游弈使王难得征兵攻吐蕃事。休：罢。关西卒：函谷关以西的士卒，即秦兵。

㉒县官：古时天子称县官。此指朝廷。

㉓信知：真的明白。

㉔比邻：近邻。

㉕生男埋没随百草：生男从军，战死疆场，埋没于野草之中。

㉖青海头：青海边。唐时与吐蕃大战，多于青海附近。

㉗天阴：古人以为天阴则能闻鬼哭。啾啾：象声词，呜咽哭声。

望月怀远①

张九龄

海上生明月，天涯共此时②。
情人怨遥夜③，竟夕起相思④。
灭烛怜光满⑤，披衣觉露滋⑥。
不堪盈手赠⑦，还寝梦佳期⑧。

注　释

①这首羁旅诗以悬想妻子思念自己的情状来写游子的相思深

情。怀远：思念远方之人。

②“海上”二句：意谓海上明月升起，远在天涯之人此时此刻正和我一样望月思人。

③情人：有情谊之人。遥夜：长夜。

④竟夕：整夜。

⑤怜：爱。光满：月光满照。指月色皎洁，浩渺无边。

⑥滋：滋生。

⑦不堪：不能。盈手：满手，指把月光捧满手中。

⑧还寝：回去睡觉。佳期：指相会的好日子。

杜少府之任蜀州[1]

王　勃

城阙辅三秦[2]，风烟望五津[3]。
与君离别意，同是宦游人[4]。
海内存知己，天涯若比邻[5]。
无为在歧路，儿女共沾巾[6]。

注　释

①这是一首送别诗，写得旷达豪爽。杜少府：其人不详。少府，即县尉的通称，主缉捕盗贼。之任：赴任。蜀州：在今四川崇庆县。一作“蜀川”。

②城阙：指都城长安。辅：护持。三秦：西楚霸王项羽灭秦后，曾将其旧地分为雍、塞、翟三国，称三秦。此处指今陕西一带。

③五津：四川灌县至犍为一段岷江上有五个渡口，为白华津、万里津、江首津、涉头津、江南津，称五津。此指蜀州一带。

④宦游人：在外做官之人。

⑤比邻：近邻。古代以五家为“比”。

⑥“无为”二句：意谓不要在分手的路上，像小儿女一样哭哭啼啼。无为：不要。歧路：分手的路上。沾巾：指流泪。

和晋陵陆丞早春游望①

杜审言

独有宦游人，偏惊物候新②。
云霞出海曙，梅柳渡江春③。
淑气催黄鸟④，晴光转绿蘋⑤。
忽闻歌古调⑥，归思欲沾巾⑦。

注 释

①陆丞曾作《早春游望》诗赠给当时在江阴县的杜审言，杜作此诗和之。写自己宦游异乡的思归心绪。晋陵：县名，在今江苏常州。陆丞：姓陆的县丞，其人不详。

②“独有”二句：只有在外做官的入，才会对自然界中季节景物的变化感到格外的惊异。宦游人：在外做官的人。物候：指在不同季节里自然界的景物变化。

③“云霞”二句：云霞从海上升起，那正是曙色初露；梅柳间的绿意从江南渡到江北，那是春天已经到来。

④淑气催黄鸟：春天的气息使黄莺叫得更欢。淑气：指春天的和暖气息。黄鸟：黄莺。

⑤晴光转绿蘋：晴明的春光在绿色的水草间流转浮动。绿蘋，指水中绿色的水草。

⑥古调：此指陆丞的诗篇。

⑦沾巾：指眼泪沾湿衣巾。

杂诗[1]

沈佺期

闻道黄龙戍[2]，频年不解兵[3]。
可怜闺里月，长在汉家营[4]。
少妇今春意，良人昨夜情[5]。
谁能将旗鼓[6]，一为取龙城[7]。

注释

①《杂诗》原为三首，此为其三。为边塞诗，虽也咏闺怨征苦，但凄怨中仍含有积极进取之心。

②黄龙戍：唐代边塞，在今辽宁开原县西北。

③频年：多年。解兵：休战撤兵。

④汉家营：指唐军营。汉家，实指唐朝。

⑤良人：古时妇女对丈夫的尊称。

⑥将旗鼓：指率军出征。

⑦一为取龙城：一为：一举。龙城：匈奴名城，原址在今蒙古人民共和国。据《汉书·武帝本纪》载，元光五年（130），车骑将军卫青在龙城大败匈奴，后龙城多用指敌方要地。此句化用此典。比喻出征敌方，一战而捷。

题大庾岭北驿[1]

宋之问

阳月南飞雁[2]，传闻至此回。
我行殊未已[3]，何日复归来。
江静潮初落，林昏瘴不开[4]。
明朝望乡处，应见陇头梅[5]。

注释

①此诗为宋之问神龙五年（705）遭贬岭南，途经大庾岭时所作，以南雁北归有反衬诗人南行无已的愁思。大庾岭：在今江西大

庚县。

②阳月：阴历十月。

③殊未已：还没到终点。

④瘴：南方山林中湿热郁蒸之气。

⑤陇头梅：大庾岭上多梅又称梅岭，因此地气候湿暖，故作者十月过岭，即见梅花盛开。又据《荆州记》载，东汉陆凯从江南给长安的范晔寄梅花一枝，并赠诗曰："折梅逢驿使，寄与陇头人。江南无所有，聊寄一枝春。"此处用此典，寄托思念都城之情。

次北固山下①

王　湾

客路青山下②，行舟绿水前。
潮平两岸阔③，风正一帆悬④。
海日生残夜，江春入旧年⑤。
乡书何处达⑥，归雁洛阳边⑦。

注　释

①题又作《江南意》。此诗写节候变化引动乡思。次：停宿。北固山：在今江苏镇江市长江南岸，与金山、焦山合称"京口三山"。

②客路：远行的路。

③潮平：指潮水上涨与两岸齐平。阔：一作"失"。

④风正：指风正对着帆吹，顺风之意。一帆：孤舟。

⑤"海日"二句：意谓海上涌起一轮红日，但四周仍是残夜；江上已有春意，但旧年还未过完。

⑥乡书：家信。

⑦归雁洛阳边：意谓希望归雁能把我的家信捎到故乡洛阳去。归雁：古时相传鸿雁可以传书。

破山寺后禅院[1]

常　建

清晨入古寺，初日照高林。
曲径通幽处，禅房花木深[2]。
山光悦鸟性，潭影空人心[3]。
万籁此皆寂[4]，惟闻钟磬音。

注　释

①这是一首游破山寺的题壁诗。破山寺：即兴福寺，在今江苏常熟虞山北麓。

②禅房：僧房。

③空人心：使人心空明洁净。

④万籁：各种声音。籁：从孔穴里发出的各种声音，泛指声音。

寄左省杜拾遗[1]

岑　参

联步趋丹陛[2]，分曹限紫微[3]。
晓随天仗入[4]，暮惹御香归[5]。
白发悲花落，青云羡鸟飞。
圣朝无阙事[6]，自觉谏书稀。

注　释

①此诗作于乾元元年（758），岑参为右补阙，与杜甫一样，都是谏官。此诗在表面颂圣中含蓄悲愤。左省：即门下省，因在宣政殿门左，故称左省。杜拾遗：杜甫，时任门下省左拾遗。

②联步：即连步。趋：小步走。丹陛：天子宫殿前的台阶漆成红色，称丹陛，又称“丹墀”。

③分曹：时岑参为右补阙，属中书省，因在宣政殿门右，故称

右省。而杜甫则为左拾遗，属左省。二人上朝时分站左右两边，称分曹。曹：官署。紫微：此指宣政殿。本为星名，古人以紫微星为天帝之居，后转指皇帝之居。

④天仗：天子仪仗。

⑤御香：天子宫殿所点之香。

⑥阙事：缺失之事。

赠孟浩然[1]

李　白

吾爱孟夫子[2]，风流天下闻。
红颜弃轩冕[3]，白首卧松云[4]。
醉月频中圣[5]，迷花不事君[6]。
高山安可仰[7]，徒此揖清芬[8]。

注　释

①此诗为孟浩然归南山时，李白送行之作。孟浩然：唐代大诗人，李白之友。

②孟夫子：指孟浩然。

③红颜：指青壮年。弃轩冕：指轻视仕宦。轩：车。冕：礼帽。古时高官才能乘轩戴冕。

④卧松云：稳居于山林白云之间。

⑤醉月：对月醉酒。中圣：指醉酒。典出《三国志·魏书·徐邈传》。尚书郎徐邈醉酒，有人来问事，他答道："中圣人。"曹操得知，大怒。度辽将军鲜于辅解释道："平日醉客谓酒清者

为圣人，浊者为贤人。”

⑥迷花：留恋自然花草。这里指隐居。

⑦高山安可仰：语本《诗经·小雅·车舝》：“高山仰止，景行行止。”用以比喻孟浩然品行之高洁。

⑧徒此：惟此。揖：致敬之意。清芬：指高洁的节操。

渡荆门送别①

李　白

渡远荆门外，来从楚国游②。
山随平野尽，江入大荒流③。
月下飞天镜④，云生结海楼⑤。
仍怜故乡水⑥，万里送行舟。

注　释

①此诗作于开元十四年（726），李白沿长江出蜀东下时。描绘出一幅渡荆门的长江长轴山水图，将深挚乡思与远游壮怀水乳交融。荆门：荆门山，在今湖北宜都县北，长江南面，为楚蜀交界之地。

②楚国：长江出荆门，即属古时楚国之地，故称。

③“山随”二句：意谓山随着平原的出现渐渐远去消失，大江汇入旷野中，从容流去。大荒：广阔的原野。

④月下飞天镜：江中月影，如同空中飞下的天镜。

⑤海楼：海市蜃楼，为云气折射出的各种景象。

⑥怜：爱。故乡水：指从四川流来的水。因诗人从小生活在四川，故称。

送友人①

李　白

青山横北郭②，白水绕东城。
此地一为别，孤蓬万里征③。

浮云游子意[4]，落日故人情[5]。

挥手自兹去[6]，萧萧班马鸣[7]。

注　释

①此诗写送别却充满诗情画意和豁达乐观。

②郭：外城。

③蓬：蓬草。蓬草随风飞转，飘泊无定，古诗中常用以比喻远行者。

④浮云：因浮云四处飘荡，古诗中也用以形容游子飘泊。

⑤落日：落日下山，如同与人告别。

⑥自兹：从此。

⑦萧萧班马鸣：双方分别时，主客之马也萧萧长鸣，似有离群之憾。萧萧：马叫声。班马：离群的马。

夜泊牛渚怀古[1]

李　白

牛渚西江夜[2]，青天无片云。

登舟望秋月，空忆谢将军[3]。

余亦能高咏，斯人不可闻[4]。

明朝挂帆去[5]，枫叶落纷纷。

注　释

①此题下原注：此地即谢尚闻袁宏咏史处。李白借谢尚、袁宏事，寄寓怀才不遇的感慨。牛渚：牛渚山，在今安徽当涂县。

②西江：从南京至江西一段长江，古时称西江。牛渚即在其间。

③空忆：徒然追忆。谢将军：即谢尚，东晋时阳夏（今河南太康）人，官镇西将军。谢尚守牛渚时，曾于秋夜泛舟赏月，遇袁宏正诵《咏史》诗，音词俱妙，因此大为

赞赏，并邀来交谈，直至天明。自此袁宏声名日著，后为大官。

④斯人：此人，指谢尚。

⑤挂帆：指乘船。

春　望[①]

杜　甫

国破山河在[②]，城春草木深[③]。
感时花溅泪[④]，恨别鸟惊心[⑤]。
烽火连三月[⑥]，家书抵万金[⑦]。
白头搔更短[⑧]，浑欲不胜簪[⑨]。

注　释

①此诗作于至德二年（757）三月，杜甫在长安城时。时安禄山叛军占领长安，杜甫身陷贼中，国破家亡，内心极其痛苦。

②国破：指长安沦陷。山河在：山河依旧。

③草木深：草木茂盛。

④感时花溅泪：感于国事，见花而落泪。

⑤恨别鸟惊心：家人分离，闻鸟鸣而心惊。

⑥烽火：当时安史叛军正与唐军在各地激战，烽火不息。

⑦家书：家信。

⑧白头：白发。

⑨浑欲不胜簪：这里说，因头白短少，简直插不了簪了。浑：简直。簪：古时男子用簪束发。

月　夜[①]

杜　甫

今夜鄜州月[②]，闺中只独看[③]。
遥怜小儿女，未解忆长安[④]。
香雾云鬟湿，清辉玉臂寒[⑤]。
何时倚虚幌[⑥]，双照泪痕干。

注释

①天宝十五年（756）五月，杜甫携家避难于鄜州。八月，只身投奔肃宗，途中被叛军俘获，陷于长安。此诗即杜甫在长安因思念住在鄜州的家人而作的。

②鄜州：今陕西富县。

③闺中：此处指妻子。

④“遥怜”二句：儿女还小，还不懂思念在长安的父亲。

⑤“香雾”二句：写妻子在月下思念自己的情景。清辉，指月光。

⑥“何时”二句：什么时候我们能团圆重聚，拭干泪痕，共享同一地的月色。虚幌：透明的帷幔。

天末怀李白①

杜　甫

凉风起天末，君子意如何②。
鸿雁几时到③，江湖秋水多。
文章憎命达④，魑魅喜人过⑤。
应共冤魂语⑥，投诗赠汨罗⑦。

注释

①此诗作于乾元二年（759）流寓秦州时。杜甫得知李白流放夜郎，但尚未知晓他已遇赦而归，写此诗同情其遭遇，表达怀想之情。天末：天边。秦州地处边塞，故称天末。

②君子：指李白。

③鸿雁：比喻音信。

④文章憎命达：好文章都是在命运艰难时才写出来的。

⑤魑魅喜人过：要提防山神鬼怪把你吃了，这是要李白提防小人陷害。魑魅：山神鬼怪。夜郎偏远，多魑魅。

⑥冤魂：指屈原。屈原无罪被放，投汨罗江而死。李白被流放，与屈原相似，不为生者理解，可与死者共语。

⑦汨罗：汨罗江，在今湖南湘阴县。

旅夜书怀①

杜 甫

细草微风岸，危樯独夜舟②。
星垂平野阔③，月涌大江流④。
名岂文章著⑤，官应老病休⑥。
飘飘何所似⑦，天地一沙鸥。

注 释

①此诗作于永泰元年（765）五月。正月，杜甫辞严武幕。四月，严武卒。五月，杜甫携家离开成都，乘舟东下，经渝州（今重庆）、忠州（今忠县）途中，作此诗，以写景展示诗人飘泊无依的境况和情怀。

②危樯：高耸的桅杆。

③星垂平野阔：因平野广阔，故天边星辰遥挂如垂。

④月涌大江流：大江奔流，江中明月也随之涌动。

⑤名岂文章著：自己的名气难道是因文章而昭著的吗？

⑥官应老病休：自己的官职想必因老病而罢了。

⑦飘飘：形容飘泊不定。

登岳阳楼①

杜 甫

昔闻洞庭水，今上岳阳楼。
吴楚东南坼，乾坤日夜浮②。
亲朋无一字，老病有孤舟③。
戎马关山北④，凭轩涕泗流⑤。

注释

①此诗作于大历三年（768）冬，杜甫出峡，飘泊至岳州，登岳阳楼而望故乡，成此感怀之作。岳阳楼：湖南岳阳城西门城楼，下临洞庭湖。唐张说出守岳州时所筑，为登临胜地。

②“吴楚”两句：写洞庭湖之广大。吴楚东南坼，意谓吴在湖之东，楚在湖之南，两地以洞庭湖为分界。坼：分裂。乾坤：指日月。《水经注·湘水》：“洞庭湖水广圆五百余里，日月若出没其中。”

③老病：杜甫此时五十七岁，身患多种疾病。孤舟：杜甫携家乘船出蜀，一路飘泊。

④戎马关山北：此时北方战事频繁，唐军正与吐蕃激战。

⑤凭轩：靠着栏杆。涕泗：眼泪鼻涕。

辋川闲居赠裴秀才迪[①]

王　维

寒山转苍翠，秋水日潺湲[②]。
倚杖柴门外，临风听暮蝉。
渡头馀落日，墟里上孤烟[③]。
复值接舆醉[④]，狂歌五柳前[⑤]。

注 释

①此诗写闲居之乐和对友人的深切情谊。辋川：河名，在今陕西蓝田终南山下，宋之问建有别墅。王维晚年得此别墅隐居，与裴迪唱和。秀才：古时泛称士子为秀才。

②潺湲：水徐缓流淌的样子。

③墟里：村落。陶渊明《归园田居》有“暧暧远人村，依依墟里烟”之句，即此句所本。

④接舆：春秋时隐士陆通，字接舆，楚国人，曾狂歌避世。此处指裴迪。

⑤五柳：陶渊明因其住宅旁有五株柳树而自号“五柳先生”，曾作《五柳先生传》。此处王维自比陶渊明。

山居秋暝①

王 维

空山新雨后，天气晚来秋。
明月松间照，清泉石上流。
竹喧归浣女②，莲动下渔舟。
随意春芳歇③，王孙自可留④。

注 释

①此诗作于王维居辋川时期，以诗情画意的山水寄托诗人高洁的情怀。暝：天黑。

②浣女：洗衣女。

③春芳：春天的芳菲。歇：消歇、逝去。

④王孙：《楚辞·招隐士》：“王孙游兮不归，春草生兮萋萋。……王孙兮归来，山中兮不可以久留。”原为招隐士出山之词。王维在此处反用其意，说任春芳消逝，而美好的秋色让王孙（王维自指）自可以留居于山中。

归嵩山作[①]

王　维

清川带长薄[②]，车马去闲闲[③]。
流水如有意，暮禽相与还。
荒城临古渡，落日满秋山。
迢递嵩高下[④]，归来且闭关[⑤]。

注　释

①此诗作于王维辞官、隐居嵩山时，描写归隐途中所见的景色和内心的怅惘。嵩山：在今河南登封县，史称中岳。

②川：河流。薄：草木丛生之处。

③闲闲：从容自在的样子。

④迢递：遥远的样子。嵩高：即指嵩山。

⑤闭关：闭门谢客之意。

终南山[①]

王　维

太乙近天都[②]，连山到海隅[③]。
白云回望合，青霭入看无[④]。
分野中峰变[⑤]，阴晴众壑殊[⑥]。
欲投人处宿[⑦]，隔水问樵夫[⑧]。

注　释

①此诗作于开元二十九年（741）王维隐居终南山时，以移步换形手法写出终南山的无穷奇景。

②太乙：亦作太一，终南山主峰，又用作终南山之别名。天都：指唐都城长安。

③海隅：海角。

④“白云”二句：意谓山中的云雾变幻不定。霭：雾气。

⑤分野中峰变：终南山中蜂盘踞不止一州之地，成为分隔不同

州郡的分界，此极言山域之广大。

⑥阴晴众壑殊：各个山谷中的阴晴都不同。殊：不同。

⑦人处：有人居住处。

⑧樵夫：打柴人。

终南别业[①]

王　维

中岁颇好道[②]，晚家南山陲[③]。
兴来每独往，胜事空自知[④]。
行到水穷处[⑤]，坐看云起时。
偶然值林叟[⑥]，谈笑无还期[⑦]。

注　释

①开元二十九年（741），王维曾隐居终南山。此诗即作于这一时期。写随缘任运的禅趣和闲适。终南：终南山，唐都城长安附近。别业：野墅。

②中岁：中年。

③晚：晚近，即近日。家：安家。南山：即指终南山。陲：边。

④胜事：佳事，快意之事。空：只。

⑤水穷处：水尽头。

⑥值：遇。林叟：山林野老。

⑦无还期：忘了回家的时间。

临洞庭上张丞相[①]

孟浩然

八月湖水平[②]，涵虚混太清[③]。
气蒸云梦泽，波撼岳阳城[④]。
欲济无舟楫[⑤]，端居耻圣明[⑥]。
坐观垂钓者，徒有羡鱼情[⑦]。

注 释

①此诗一题《望洞庭湖赠张丞相》。开元二十一年（733），张九龄为相，作者以此诗相赠，有乞仕之意。洞庭：洞庭湖。张丞相：指张九龄。

②湖水平：八月江汛，湖水涨满，故说“平”。

③涵虚：水气弥漫。太清：天空。

④“气蒸”二句；形容水势之浩荡。云梦泽：古时有“云”、“梦”二泽，在今湖北南部、湖南北部的长江沿岸一带低洼地区，后大部分淤成陆地。今洞庭湖即为古云梦泽的一部分。岳阳城：在今湖南岳阳，洞庭湖东岸。

⑤欲济无舟楫：意谓自己要出仕而无人引荐。济：渡水。舟楫：指船。古时也用之比作贤臣。楫：橹。

⑥端居耻圣明：自己在圣明之世闲居，实感有愧。端居：安居。

⑦“坐观”二句：典出《淮南子·说林训》：“临河而羡鱼，不如归家织网。”意谓与其在河边羡慕别人钓到鱼，不如回家织网来捕鱼。作者化用此典，说自己有心出仕（羡鱼情），可无人引荐，也只能坐观他人（垂钓者）。

岁暮归南山[①]

孟浩然

北阙休上书[②]，南山归敝庐。
不才明主弃[③]，多病故人疏。
白发催年老，青阳逼岁除[④]。
永怀愁不寐，松月夜窗虚。

注 释

①诗题一作《归终南山》。作于开元十六年（728），时遇孟浩然进京应进士落第。南山：此指岘山，因在襄阳城南，故称。孟浩然隐居的园庐就在附近。

②北阙：指皇帝的居处，因宫殿坐北朝南，故名。也代称皇帝。

③明主：指当今皇帝。

④青阳：指春天。《尔雅》有“春为青阳，一曰发生”。因春天气清而温阳，故称。岁除：旧俗在腊月三十击鼓驱疫，称“逐除”。后以年终之日为岁除。

过故人庄[1]

孟浩然

故人具鸡黍[2]，邀我至田家。
绿树村边合[3]，青山郭外斜[4]。
开轩面场圃[5]，把酒话桑麻[6]。
待到重阳日[7]，还来就菊花。

注释

①这是一首写农家闲适恬淡情景的田园诗。过：探访。故人：老朋友。

②鸡黍：语出《论语·微子》“杀鸡为黍而食之”。后指农家丰盛的饭菜。

③合：环绕之意。

④郭：外城，指城墙。

⑤轩：此指窗。场圃：打谷场和菜园子。

⑥桑麻：泛指农事。

⑦重阳日：指阴历九月九日重阳节，旧时有登高饮菊花酒之风俗。

留别王维[1]

孟浩然

寂寂竟何待，朝朝空自归。
欲寻芳草去[2]，惜与故人违[3]。
当路谁相假[4]，知音世所稀[5]。
只应守寂寞，还掩故园扉[6]。

注　释

①此诗作于开元十七年（729），孟浩然欲隐居，告别好友王维。

②寻芳草：隐居山林之意。

③违：别离。

④当路：当权者。假：相助之意。

⑤知音：指知心朋友。

⑥还掩故园扉：意谓闭门不仕。扉：门。

早寒有怀[1]

孟浩然

木落雁南渡[2]，北风江上寒。
我家襄水曲[3]，遥隔楚云端[4]。
乡泪客中尽，孤帆天际看。
迷津欲有问[5]，平海夕漫漫[6]。

注　释

①诗题一作《江上思归》。此诗写作者思乡情切，又无可奈何之意。

②木落：树叶飘落。

③襄水：汉水流经襄阳，称襄水。

④楚云：襄阳古属楚国。遥望家乡，被云阻隔，故称楚云。

⑤迷津欲有问：典出《论语·微子》，孔子周游列国时，曾让子路向长沮、桀溺问路，遭二人讥讽，以为入世不如隐居好。津：渡口。

⑥平海：平阔的水面。

寻南溪常道士[①]

刘长卿

一路经行处，莓苔见屐痕[②]。
白云依静渚[③]，芳草闭闲门。
过雨看松色[④]，随山到水源。
溪花与禅意，相对亦忘言[⑤]。

注释

①此题一作《寻常山南溪道人隐居》，又作《寻南溪常山道人隐居》。此诗写寻隐者不遇而悟道的禅趣。常道士：或为“常山道人”之误，而非实姓常。

②屐痕：指足迹。屐：木鞋。

③渚：水中小洲。

④过雨：遇雨。

⑤相对亦忘言：此句化用陶渊明《饮酒》诗意：“此中有真意，欲辨已忘言。”

新年作[①]

刘长卿

乡心新岁切[②]，天畔独潸然[③]。
老至居人下，春归在客先[④]。
岭猿同旦暮，江柳共风烟。
已似长沙傅[⑤]，从今又几年。

注释

①此诗约作于建中元年（780）。时刘长卿被贬潘州（今广东茂名）南巴尉已三年。写身居异地，佳节思乡的伤感。

②乡心：思乡之心。

③潸然：流泪的样子。

④“老至”二句：人已老了，但被贬小官，居于人下；春天已归去，而自己尚未回去。

⑤长沙傅：西汉贾谊被贬为长沙王太傅三年。

送僧归日本[①]

钱起

上国随缘住[②]，来途若梦行。
浮天沧海远[③]，去世法舟轻[④]。
水月通禅寂[⑤]，鱼龙听梵声[⑥]。
惟怜一灯影[⑦]，万里眼中明。

注释

①此诗为送赠日本僧人而作，语多褒扬。唐时，日本曾派僧人来中国留学，两国交流密切。

②上国：指唐王朝。随缘：佛家语，指佛应众生之缘而施教化。

③浮天：形容小船如浮于天际。

④法舟：特指佛船。

⑤水月：佛典《智度论》：“解了诸法，如幻如焰，如水中月。”佛教中比喻一切事物像水中月一样虚幻。禅寂：佛教中指清寂的心境。

⑥鱼龙：泛指水族。梵声：诵经声。

⑦灯：佛教以灯能以明破暗，用以比喻佛法。此处以船灯喻禅灯，意为最爱佛法。

谷口书斋寄杨补阙[1]

钱 起

泉壑带茅茨[2]，云霞生薜帷[3]。
竹怜新雨后[4]，山爱夕阳时。
闲鹭栖常早，秋花落更迟。
家僮扫萝径[5]，昨与故人期[6]。

注 释

①此诗写招引友朋聚会，突出一种闲雅的情趣。谷口：在今陕西泾阳县西北。杨补阙：其人不详。补阙：谏官，专向皇帝规谏举荐。

②壑：山谷。茅茨：草屋，指题中的书斋。

③薜帷：成片如帷帐的薜荔。薜：薜荔，常绿灌木。语本《楚辞·九歌·湘夫人》："网薜荔兮为帷。"

④怜：爱。

⑤萝：爬蔓常绿灌木，古时常与薜合称，曰薜萝。

⑥故人：老友，指杨补阙。期：约定。

淮上喜会梁州故人[1]

韦应物

江汉曾为客[2]，相逢每醉还。
浮云一别后，流水十年间。
欢笑情如旧，萧疏鬓已斑[3]。
何因不归去，淮上有秋山[4]。

注 释

①此诗写故友相逢悲喜交集的情景。淮上：淮河边。梁州：今陕西南郑县。故人：老朋友。

②江汉：即汉江。

③萧疏：形容头发零落、稀少。斑：斑白。

④“何因”二句：为什么不回乡去，是因为淮河边有秋山之美景值得留恋。

赋得暮雨送李胄[1]

韦应物

楚江微雨里[2]，建业暮钟时[3]。
漠漠帆来重，冥冥鸟去迟[4]。
海门深不见[5]，浦树远含滋[6]。
相送情无限，沾襟比散丝[7]。

注释

①此诗以暮雨写离情，景语中渗透黯然神伤之情。赋得：古时文人分题作诗，分到的诗题称“赋得”。此诗题“暮雨”，故作“赋得暮雨”。李胄：生平不详。

②楚江：指属古楚国境内的一段长江。

③建业：今江苏南京市。

④冥冥：形容天色昏暗，也形容雨密。

⑤海门：指长江入海处。

⑥浦树：指江边的树木。

⑦沾襟：比喻眼泪。散丝：指密雨。晋代张协《杂诗》有“密雨如散丝”句。

酬程近秋夜即事见赠[①]

韩 翃

长簟迎风早[②]，空城澹月华[③]。
星河秋一雁，砧杵夜千家[④]。
节候看应晚，心期卧已赊[⑤]。
向来吟秀句[⑥]，不觉已鸣鸦[⑦]。

注 释

①此诗为酬答程近所赠《秋夜即事》之作，在摹写秋景中抒发朋友间的深情。程近：其人不详。

②簟：竹席。

③月华：月光。

④砧杵：指捣衣，以备寒衣。砧：捣衣石。杵：捣衣棒。

⑤心期：指朋友间心心相印。《南史·向柳传》：“我与士逊心期久矣，岂可一旦以势利处之？”赊：迟。

⑥秀句：佳句，对程近诗的美称。点明题中的“酬”字。

⑦鸣鸦：指天亮时的乌鸦叫声。

阙 题[①]

刘眘虚

道由白云尽，春与青溪长。
时有落花至，远随流水香。
闲门向山路[②]。深柳读书堂。
幽映每白日，清辉照衣裳[③]。

注 释

①阙题：题原缺。此诗写作者在山中的闲居生活。

②闲门：开着的门。

③清辉：指白日之光。

江乡故人偶集客舍[1]

戴叔伦

天秋月又满，城阙夜千重[2]。
还作江南会，翻疑梦里逢。
风枝惊暗鹊[3]，露草泣寒虫。
羁旅长堪醉[4]，相留畏晓钟。

注释

①此诗咏与故乡老友偶遇之事。

②城阙：宫门前的望楼。此借指长安。

③风枝惊暗鹊：曹操《短歌行》有“月明星稀，乌鹊南飞。绕树三匝，何枝可依”句。此句暗用其意，寓思乡之情。

④羁旅：犹飘泊。

送李端[1]

卢　纶

故关衰草遍[2]，离别正堪悲。
路出寒云外，人归暮雪时。
少孤为客早[3]，多难识君迟[4]。
掩泣空相向[5]，风尘何所期[6]。

注释

①这是一首送别好友的诗。李端，字正己，赵州（今河北赵县）人。大历十才子之一。

②故关：故乡。这里指送别之地。

③少孤：指自己早年丧父。《孟子·梁惠王》：“幼而无父曰孤。”为客：古人称离开家乡谋生或做官为“做客”。

④君：指李端。

⑤空：徒然。

⑥风尘：指时世纷乱。何所期：何时能再相会。

喜见外弟又言别[1]

李　益

十年离乱后，长大一相逢。
问姓惊初见，称名忆旧容。
别来沧海事[2]，语罢暮天钟。
明日巴陵道[3]，秋山又几重。

注　释

①此诗作于安史之乱后。写乱世的离合聚散情景。外弟：表弟。

②沧海事：典出葛洪《神仙传》麻姑自说云："接待以来，已见东海之为桑田。"后以沧海桑田比喻世事变迁。

③巴陵：唐郡名，在今湖南岳阳。

云阳馆与韩绅宿别[1]

司空曙

故人江海别，几度隔山川。
乍见翻疑梦[2]，相悲各问年[3]。
孤灯寒照雨，深竹暗浮烟。
更有明朝恨[4]，离杯惜共传[5]。

注　释

①此诗写旅途中与老友乍逢又别的遗憾。云阳：县名，在今陕西泾阳县。馆：驿站馆舍。韩绅：一作"韩升卿"，疑即韩绅卿。韩愈有叔父名韩绅卿，曾任泾阳县令。宿别：同宿后告别。

②翻：反。

③问年：询问几年来的情况。

④明朝恨：指明早离别之恨。

⑤共传：传杯共饮。

喜外弟卢纶见宿[1]

司空曙

静夜四无邻，荒居旧业贫[2]。
雨中黄叶树，灯下白头人。
以我独沉久[3]，愧君相见频。
平生自有分[4]，况是蔡家亲[5]。

注　释

①此诗写荒村独居喜见亲人的情景。外弟：表弟。卢纶：中唐诗人。见宿：来住宿。“见”一作“访”。

②旧业：原有的家产。

③沉：沉沦。

④分：缘分。

⑤蔡家亲：指表亲。晋大将羊祜是蔡邕的外孙，因有功被封爵，而他却要求将爵位转赐给表兄弟蔡袭。蔡家亲一作“霍家亲”，亦指表亲。因西汉霍去病是卫青姐姐的儿子。

贼平后送人北归[1]

司空曙

世乱同南去，时清独北还[2]。
他乡生白发，旧国见青山[3]。

晓月过残垒，繁星宿故关[4]。
寒禽与衰草，处处伴愁颜。

注释

①此诗写送友人还乡的心境。贼平：指安史之乱被平定。

②时清：时世安定。

③旧国：故乡。

④“晓月”二句：想象友人北归途中的艰辛。残垒：废弃的营垒。故关：旧的关口。

蜀先主庙[1]

刘禹锡

天地英雄气[2]，千秋尚凛然。
势分三足鼎[3]，业复五铢钱[4]。
得相能开国[5]，生儿不象贤[6]。
凄凉蜀故妓，来舞魏宫前[7]。

注释

①此诗是刘禹锡任夔州刺史时，过先主庙而作的怀古诗。蜀先主：指三国时蜀主刘备。蜀先主庙在夔州，印今重庆市奉节县。

②天地英雄：据《三国志·蜀书·先主传》记载，曹操曾与刘备饮酒论英雄，说：“今天下英雄，惟使君与操耳！”此处专指刘备的英雄气概。

③三足鼎：刘备建立蜀汉，与魏、吴三分天下，成鼎足之势。

④业复五铢钱：意谓刘备的事业是要复兴汉室。五铢钱，汉时通行货币，为汉武帝所立，新莽代汉时，曾废止不用；光武帝兴汉，重铸五铢钱，天下称便。

⑤得相：指刘备得诸葛亮辅佐，建立蜀汉政权，立诸葛亮为丞相。

⑥生儿不象贤：意谓刘备之子刘禅不能谨守父业。象贤：效法先人的好榜样。

⑦“凄凉”二句：据《三国志·蜀书·后主传》注引《汉晋春秋》中记载，魏灭蜀后，蜀主刘禅至洛阳，被封为安乐县公。魏太尉司马昭与之宴饮，专请蜀国的女乐歌舞表演，旁人皆为之感伤，而刘禅却嬉笑自若，乐不思蜀。此二句慨叹先主艰苦创业，而后主昏庸亡国。

没蕃故人[①]

张　籍

前年戍月支[②]，城下没全师[③]。
蕃汉断消息，死生长别离。
无人收废帐[④]，归马识残旗。
欲祭疑君在，天涯哭此时。

注　释

①此诗是为作者怀念在唐蕃战争中失踪的老朋友而作。没：消失。蕃：吐蕃，古代藏族建立的政权。

②戍：此指出征。月支：又作月氏，汉西域国名，此借指吐蕃。

③没：覆灭。

④废帐：指废弃的营帐。

草[①]

白居易

离离原上草[②]，一岁一枯荣。
野火烧不尽，春风吹又生。
远芳侵古道[③]，晴翠接荒城[④]。

又送王孙去，萋萋满别情[5]。

注 释

①此诗以咏草写离情，并蕴含生命不止的感悟。此题一作《赋得古原草送别》。据说此诗为白居易十六岁时所作。但此说仅为传闻。

②离离：形容青草茂盛。

③远芳：指远处的绿草。

④晴翠：指晴空下的青山。

⑤“又送”二句：化用《楚辞·招隐士》“王孙游兮不归。春草生兮萋萋”之意。王孙，指远行之游子。萋萋：形容草木茂盛。

旅 宿[1]

杜 牧

旅馆无良伴，凝情自悄然[2]。
寒灯思旧事，断雁警愁眠[3]。
远梦归侵晓[4]，家书到隔年[5]。
沧江好烟月，门系钓鱼船。

注 释

①此诗写旅途的寂寞之感。

②悄然：指心情忧郁。

③断雁：离群之雁。此指离雁的鸣叫。警：惊醒。

④远梦归侵晓：因距家遥远，梦魂归家也要到天破晓时才能到达。侵晓：破晓。

⑤家书：家信。

秋日赴阙题潼关驿楼[1]

许　浑

红叶晚萧萧，长亭酒一瓢[2]。
残云归太华[3]，疏雨过中条[4]。
树色随关迥[5]，河声入海遥。
帝乡明日到[6]，犹自梦渔樵[7]。

注　释

①此诗写赴京述职考选将近都城时的心境。阙：宫门前的望楼，此处代指都城长安。潼关：在今陕西潼关县。驿楼：即驿站。

②长亭：此泛指路边亭舍。古时大道旁十里设一长亭，五里设一短亭，作为旅客休歇之所，与驿站有共同之处。

③太华：即华山。此处为与附近的少华山相区别。故称太华。

④中条：据《括地志》，蒲州河东县雷首山，一名中条山，在今山西永济县，处于太行山与华山之间。

⑤迥：远。

⑥帝乡：指都城长安。

⑦渔樵：捕鱼打柴，指隐居生活。

蝉[1]

李商隐

本以高难饱，徒劳恨费声[2]。
五更疏欲断，一树碧无情[3]。
薄宦梗犹泛[4]，故园芜已平[5]。
烦君最相警[6]，我亦举家清[7]。

注　释

①此诗是作者借孤穷悲鸣之寒蝉，寄寓自己穷困潦倒、飘泊无依的悲愤心情。

②“本以”二句：蝉身居高树，难以饱腹，虽然恨声悲鸣，却也只是徒劳。高难饱：古人认为，蝉是栖息高树，餐风饮露的，故说“高难饱”。

③“五更”二句：寒蝉悲鸣彻夜，至五更时，稀疏几声，已近断绝，而绿树则无动于衷，无情相待。

④薄宦：官职卑微。梗犹泛：典出《战国策·齐策》：土偶人对桃梗说：“今子东国之桃梗也，刻削子以为人，降雨下，淄水至，流子而去，则子漂漂者将何如耳。”后以梗泛比喻飘泊无依。梗：树枝。

⑤故园芜已平：故园已荒芜，透露出欲归不得的意蕴。芜已平：杂草丛生，已平膝没胫，覆盖了田园。

⑥君：指蝉。警：提醒。

⑦举家清：全家清贫。“清”字又有操守清高之意。

风雨①

李商隐

凄凉《宝剑篇》②，羁泊欲穷年③。
黄叶仍风雨，青楼自管弦④。
新知遭薄俗，旧好隔良缘⑤。
心断新丰酒⑥，销愁斗几千⑦？

注 释

①此诗是作者自伤身世，慨叹飘零沦落，怀才不遇的苦闷，当作于大中十一年（857）游江东时。

②《宝剑篇》：一名《古剑篇》。唐代名将郭震所作，借宝剑埋尘喻才士沦落飘零，抒发抑郁不平之气。郭震少有大志，武则天闻其名，征见，令录旧文，震献《古剑篇》，得以升擢。

③羁泊：羁旅飘泊。穷年：终年。

④“黄叶”二句：自己如风雨中黄叶般飘零，而豪富之家却在

歌舞取乐。仍：更。青楼：指富家高楼。

⑤“新知”二句：新知遭受世俗的非难，旧友也良缘阻隔，关系疏远。新知：新交的知己。薄俗：浅薄世俗。旧好：旧日的好友。

⑥心断新丰酒：自己再不会有马周那样的幸运了。心断，犹绝望。新丰酒，典出《新唐书·马周传》：马周游长安，宿新丰旅店，遭店主慢待，便取酒独饮。后马周得唐太宗赏识，授监察御史。

⑦销愁斗几千：想用新丰美酒销愁，又不知道这酒值多少钱了。斗几千，一作“又几千”。王维《少年行》有“新丰美酒斗十千”一句，言酒价极贵。

落　花[①]

李商隐

高阁客竟去[②]，小园花乱飞。
参差连曲陌[③]，迢递送斜晖[④]。
肠断未忍扫，眼穿仍欲归[⑤]。
芳心向春尽[⑥]，所得是沾衣[⑦]。

注　释

①此诗借落花以寓慨身世。

②竟：终于。

③参差：形容花影之错落迷离。曲陌：弯曲的小路。

④迢递送斜晖：花瓣在夕阳下随风飘得很远。迢递，遥远的样子。斜晖，斜阳。

⑤眼穿仍欲泪：望眼欲穿盼来了春天，可春天仍要归去。

⑥芳心：指花，又指惜花之心。

⑦沾衣：眼泪。

凉　思[1]

李商隐

客去波平槛[2]，蝉休露满枝[3]。
永怀当此节[4]，倚立自移时[5]。
北斗兼春远[6]，南陵寓使迟[7]。
天涯占梦数[8]，疑误有新知[9]。

注　释

①此诗是李商隐寓使南陵时，怀人思归之作。

②槛：栏杆。

③蝉休：蝉停止鸣叫。

④永怀：长久思念。节：季节。此指秋季。

⑤移时：季节更替。

⑥北斗兼春远：友人远在北斗星下，与逝去的春天一样遥远。兼，与。

⑦南陵：唐宣城县（今安徽南陵县）。寓使：因出使而流寓异地。

⑧占梦：即圆梦，据梦中见闻预测人事吉凶。数：多次。

⑨疑误：错误地怀疑。

北青萝[1]

李商隐

残阳西入崦[2]，茅屋访孤僧。
落叶人何在，寒云路几层。
独敲初夜磬[3]，闲倚一枝藤[4]。
世界微尘里[5]，吾宁爱与憎[6]。

注　释

①此诗写作者在北青萝访孤僧事。北青萝：地名，在王屋山中。

②崦：指崦嵫山。《山海经》里记载，崦嵫山是日落之地。

③初夜：夜之初。磬：寺庙中的一种钵状铜乐器。

④籐：藤制手杖。

⑤世界微尘里：此句是说，大千世界都在小小的微尘之中，为佛家常语。《法华经》："譬如有经卷，书写三千大千世界事，全在微尘中。"

⑥宁：为什么。爱与憎：《愣严经》曰："人在世间，直微尘耳，何必拘于憎爱而苦此心也。"

送人东游[1]

温庭筠

荒戍落黄叶[2]，浩然离故关[3]。
高风汉阳渡，初日郢门山[4]。
江上几人在，天涯孤棹还。
何当重相见[5]，樽酒慰离颜[6]。

注　释

①东游：一作"东归"。此诗为送友人还乡的送别之作。

②荒戍：废弃的营垒。

③故关：指故乡。

④"高风"二句：在汉阳渡下船，乘着秋日之高风，到太阳刚升起时，就到了郢门山了。汉阳渡：在今湖北汉阳县。郢门山，即荆门山：在今湖北宜都县北、长江南面。

⑤何当：何时。

⑥樽酒：即杯酒。樽，古时盛酒之具。

楚江怀古[1]

马　戴

露气寒光集，微阳下楚丘[2]。

猿啼洞庭树[3]，人在木兰舟[4]。

广泽生明月[5]，苍山夹乱流。

云中君不见[6]，竟夕自悲秋[7]。

注　释

①题下原有诗三首，此为其一。作于宣宗初年贬龙阳尉途经洞庭时。借怀古写莫名的烦愁。楚江：此指湘江。

②楚丘：楚地之山。

③洞庭：洞庭湖，在湖南北部。

④木兰舟：木兰木制的舟。《述异记》载："木兰洲在浔阳江中，多木兰树，七里洲中有鲁班刻木兰为舟，舟至今在洲中。"《楚辞》中多有"兰舟"之称。

⑤广泽：广大的水域，指洞庭湖。

⑥云中君：《楚辞·九歌》有《云中君》一篇，为祭祀云神之作。此即指云神。

⑦竟夕：终夜。

书边事[1]

张　乔

调角断清秋[2]，征人倚戍楼[3]。

春风对青冢[4]，白日落梁州[5]。

大漠无兵阻，穷边有客游。

蕃情似此水，长愿向南流[6]。

注　释

①此诗是作者游边塞时所作。书：写。边：边地。

②调角：吹角。角，军中乐器。

③戍楼：兵士戍防的城楼。

④青冢：指昭君墓，在今内蒙古呼和浩特西南。据说塞外草枯，只有昭君墓上草色青青，故又名青冢。

⑤梁州：在今陕西南郑。此泛指边塞地域。

⑥“蕃情”二句：以南流之水比喻蕃情，希望吐蕃能长久地归附中央政权。蕃情，指吐蕃人的心情。蕃，指吐番，古代藏族建立的地方政权。

除夜有怀①

崔　涂

迢递三巴路②，羁危万里身③。

乱山残雪夜，孤独异乡人。

渐与骨肉远④，转于僮仆亲。

那堪正飘泊，明日岁华新⑤。

注　释

①此诗一题作《巴山道中除夜书怀》。此诗写客中度除夕的离愁乡思。除夜：除夕之夜。

②迢递：形容遥远。三巴：古称巴郡、巴东、巴西为三巴，在今四川东部。

③羁危：指流落于危险的蜀道上。

④骨肉：指家中亲人。

⑤明日岁华新：意为明天就是新年了。岁华，年华。

春宫怨①

杜荀鹤

早被婵娟误，欲妆临镜慵②。

承恩不在貌③，教妾若为容④。

风暖鸟声碎，日高花影重。

年年越溪女，相忆采芙蓉[⑤]。

注释

①此诗一说是周朴所作。作者借咏宫怨，寄托自己幽寂郁闷之情。

②“早被”二句：因貌美而入宫中却耽误了青春，连梳妆镜都懒得照了。婵娟：容貌美丽。慵：懒。

③承恩：指得皇帝宠爱。

④若为容：怎样梳妆打扮。

⑤“年年”二句：西施由浣女而入宫为妃，倒是那些女伴，年年想起一同采芙蓉的快乐。越溪女：指西施。《方舆胜览》：若耶溪，一名越溪，西施采莲于此。王维《西施咏》有“朝为越溪女，暮作吴宫妃”。此指与西施一起浣纱的女伴。芙蓉：荷花。

章台夜思[①]

韦　庄

清瑟怨遥夜，绕弦风雨哀。
孤灯闻楚角[②]，残月下章台。
芳草已云暮，故人殊未来[③]。
乡书不可寄[④]，秋雁又南回[⑤]。

注释

①此诗是韦庄在长安时思念远在越中的亲人而作的。章台：故址在今陕西长安，汉时此地为游览胜地。

②楚角：楚地曲调的角声。因韦庄思念南方的亲人。故听到的

角声也恍然认为奏的是南方的曲调。

③故人：老友。殊：绝。

④乡书：家信。

⑤秋雁又南回：古时有鸿雁传书的传说，此句是羡秋雁能南归，而悲家信之不能寄。

寻陆鸿渐不遇[1]

皎　然

移家虽带郭[2]，野径入桑麻。
近种篱边菊，秋来未著花。
扣门无犬吠，欲去问西家。
报道山中去[3]，归来每日斜。

注　释

①此诗为访迁居好友而不遇所作。陆鸿渐：陆羽，字鸿渐，竟陵（今湖北天门）人。隐居苕溪，著有《茶经》。后被奉为茶神。

②带郭：指乡间靠近城墙之地。郭，城墙。

③报道：回答道。

黄鹤楼[1]

崔　颢

昔人已乘黄鹤去[2]，此地空馀黄鹤楼。
黄鹤一去不复返，白云千载空悠悠。
晴川历历汉阳树[3]，芳草萋萋鹦鹉洲[4]。
日暮乡关何处是[5]？烟波江上使人愁。

注　释

①此诗写登黄鹤楼之所见及引发的乡愁，被誉为题黄鹤楼之绝唱。黄鹤楼：在今湖北武汉黄鹤山西北黄鹤矶上，面江而立。传说

是因仙人王子安乘黄鹤路经此地而得名。

②昔人：指传说中的仙人。

③历历：分明的样子。汉阳：在今武昌西北，与黄鹤楼隔江相望。

④萋萋：草木茂盛的样子。鹦鹉洲：长江中的小沙洲，在武汉市西南长江中，相传因东汉祢衡曾作《鹦鹉赋》而得名。

⑤乡关：故乡。

望蓟门①

祖 咏

燕台一去客心惊②，笳鼓喧喧汉将营③。
万里寒光生积雪，三边曙色动危旌④。
沙场烽火侵胡月⑤，海畔云山拥蓟城⑥。
少小虽非投笔吏⑦，论功还欲请长缨⑧。

注 释

①此诗是祖咏唯一的一首边塞诗，勾画蓟门的山川形胜，写出雄伟阔大的意象。蓟门：蓟门关，在今北京市。

②燕台：即幽州台。一名蓟北楼。相传燕昭王在此筑黄金台以招揽天下贤士。

③汉将营：指唐将军营。

④三边：古称幽、并、凉三州为三边。危旌：高扬的旗帜。

⑤胡月：指边地之月。

⑥海畔：因蓟门关地近渤海，故称海畔。蓟城：即蓟门关。

⑦投笔吏：典出《后汉书·班超传》。班超原为抄写文书的小吏，一天投笔叹道："大丈夫无它志略，犹当效傅介子、张骞立功异域，以取封侯，安能久事笔研间乎？"

⑧论功：指论功封赏。请长缨：典出《汉书·终军传》。终军出使南越，对汉武帝说："愿受长缨，必羁南越王而致之阙下。"即说用一根长绳把南越王牵来。此句与上句表达愿从军报国的志向。

九日登望仙台呈刘明府[1]

崔　曙

汉文皇帝有高台，此日登临曙色开。
三晋云山皆北向[2]，二陵风雨自东来[3]。
关门令尹谁能识[4]，河上仙翁去不回[5]。
且欲近寻彭泽宰[6]，陶然共醉菊花杯[7]。

注释

①此诗为重阳怀古投赠之作。九日：指九月九日重阳节，古时有登高赏菊之旧俗。《西京杂记》卷三："九月九日，佩茱萸、食蓬饵、饮菊花酒，令人长寿。"望仙台：汉文帝所筑，在今陕西陕县。据《神仙传》记载："河上公授文帝《老子》而去，失所在，帝于西山筑台望之。"刘明府：其人不详。明府，县令的尊称。

②三晋：战国时晋国被韩、赵、魏三家所分，后称此三国为三晋，地属今山西、河南北部、河北西部地区。

③二陵：殽山的南陵北陵合称二陵，在今河南洛宁县北。据《左传·僖公十三年》记载，南陵是夏后皋之墓，北陵是周文王避风雨之所在。

④关门令尹：此即指关尹子，名喜，为函谷关掌关门的官吏。据说老子至关，关尹子留他著书，成《道德经》授之。后关尹子也随他而去。

⑤河上仙翁：即河上公，晋人葛洪把他写入《神仙传》中。

⑥彭泽宰：指陶渊明。他

曾任彭泽县令，因不愿为五斗米折腰，挂冠而去。此处借指刘明府。

⑦共醉菊花杯：据《南史·隐逸传》记载，陶渊明辞官后，家贫，九九重阳节时无酒，便在屋边菊丛中久坐，逢王宏送酒至，大醉而归。

送魏万之京[①]

李　颀

朝闻游子唱离歌[②]，昨夜微霜初度河。
鸿雁不堪愁里听，云山况是客中过[③]。
关城曙色催寒近[④]，御苑砧声向晚多[⑤]。
莫见长安行乐处，空令岁月易蹉跎[⑥]。

注　释

①此诗为送别之作，除写离情还致良友规勉之意。魏万：又叫魏颢，上元初登第，诗人，曾为李白集作序，为李白之友。之：往。

②游子：指魏万。离歌：告别之歌。

③况是：更何况是。客中：客游四方途中。

④关城：指潼关城。

⑤御苑；皇家宫苑，此指长安城。砧声：捣衣声。

⑥“莫见”二句：不要因为长安城是行乐之地，就让岁月白白浪费掉。蹉跎：虚度。

积雨辋川庄作[①]

王　维

积雨空林烟火迟[②]，蒸藜炊黍饷东菑[③]。
漠漠水田飞白鹭，阴阴夏木啭黄鹂[④]。

山中习静观朝槿[⑤]，松下清斋折露葵[⑥]。
野老与人争席罢[⑦]，海鸥何事更相疑[⑧]。

注　释

①此诗描写雨后辋川庄清幽的景色和纯朴的生活。积雨：久雨。庄：别墅。

②烟火迟：因久雨后，故烟火之燃徐缓。

③藜：一种野菜。黍：黄米。饷东菑：把饭送到东边新开的田地里。菑，新开一年的土地。

④夏木：大树。

⑤习静：道家静坐守一的方法。观朝槿：静观槿花，可以体悟人生短暂、荣枯无常之理。朝槿：木槿花早开午谢，故称朝槿。

⑥清斋：素食之意。《旧唐书·王维传》载："维弟兄俱奉佛，居常素食，不茹荤血，晚年常斋，不衣文彩。"露葵：葵菜有"百菜之主"之称。此指新鲜蔬菜。

⑦野老：王维自称。争席罢：是说自己已没有倨傲损人之心，已与世无争。争席：典出《庄子·寓言》。杨朱倨傲骄矜，自见老子之后，学会了谦恭礼敬，人们也敢于与他争坐席了。

⑧海鸥何事更相疑：我已无好胜损人之心，海鸥为什么还怀疑我呢？海鸥：典出《列子·黄帝》。有海边好鸥者，每天与海鸥相亲。后其父要他捉海鸥来玩，第二天，海鸥再也不与他亲近了。

蜀相[①]

杜　甫

丞相祠堂何处寻？锦官城外柏森森[②]。
映阶碧草自春色[③]，隔叶黄鹂空好音[④]。
三顾频烦天下计[⑤]，两朝开济老臣心[⑥]。
出师未捷身先死[⑦]，长使英雄泪满襟！

注 释

①此诗是杜甫于上元元年（760）初到成都游武侯祠时所作。蜀相：指诸葛亮。刘备在蜀即帝位后，以诸葛亮为丞相。

②锦官城：成都别名，古代成都以产锦著名，设专官管理，故称。武侯祠在成都城南门外，晋代李雄在成都称王时所建。

③自春色：自呈春色。

④空好音：空作好音。

⑤三顾：诸葛亮隐居襄阳隆中，刘备三请方出。顾，访问。频烦：多次烦劳。

⑥两朝：指蜀汉刘备、刘禅两朝。开济：指诸葛亮辅佐刘备开国，助刘禅继业。

⑦出师：出兵伐魏。建兴十二年（234），诸葛亮兴师伐魏，出斜谷据五丈原，与魏司马懿相拒百余日。八月，病死军中。

客 至[1]

杜 甫

舍南舍北皆春水[2]，但见群鸥日日来。
花径不曾缘客扫，蓬门今始为君开[3]。
盘飧市远无兼味[4]，樽酒家贫只旧醅[5]。
肯与邻翁相对饮[6]，隔篱呼取尽馀杯[7]。

注 释

①原诗自注："喜崔明府相过。"过：访问。此诗是杜甫在上元二年（761）作于成都草堂。写客人来访的村野日常生活细事，流露出真率、闲适的情怀。客：指崔明府。唐人称县令为明府。

②舍：指草堂。

③"花径"二句：意谓来宾稀少，也写客来欣悦之情。缘客扫：因为有客来而打扫。

④盘飧：泛指菜肴。飧：熟菜。市远：远离集市。无兼味：指菜少。兼味：多种味道。

⑤樽：酒器。旧醅：隔年陈酒。

⑥肯：能否之意。

⑦呼取：唤来。尽馀杯：一同干杯。

野望[①]

杜甫

西山白雪三城戍[②]，南浦清江万里桥[③]。
海内风尘诸弟隔[④]，天涯涕泪一身遥。
惟将迟暮供多病，未有涓埃答圣朝[⑤]。
跨马出郊时极目[⑥]，不堪人事日萧条[⑦]。

注释

①诗作于上元二年（761）。此诗写野望所见和忧家忧国的愁绪。

②西山：即雪岭，在成都西面，终年积雪，是岷山主峰。三城：指松（今四川松潘）、维（故城在今四川理县西）、保（故城在理县新保关西北）三州。此三城为蜀边要镇，为防吐蕃侵犯，有兵戍守。

③清江：锦江，在城外南郊。万里桥：在成都城南，相传诸葛亮送费祎访问吴国时说："万里之行，始于此桥。"故名。

④风尘：指战乱不息。诸弟隔：与诸弟分隔。杜甫有四弟，此时唯杜占随他入蜀，另三弟散在各地。

⑤"惟将"二句：只有将不多的馀生交给时时发作的各种疾病了，却没有一点点报答国家。迟暮，时杜甫五十岁，故称迟暮。多病，时杜甫身患肺病、疟疾、头风等多种疾病。涓埃，一点点、丝

毫。涓为细流，埃为微尘。

⑥极目：放眼远望。

⑦人事：世事。

闻官军收河南河北[1]

杜　甫

剑外忽传收蓟北[2]，初闻涕泪满衣裳。
却看妻子愁何在[3]？漫卷诗书喜欲狂[4]。
白日放歌须纵酒[5]，青春作伴好还乡[6]。
即从巴峡穿巫峡，便下襄阳向洛阳[7]。

注　释

①此诗作于广德元年（763）春，杜甫在梓州（今四川三台县）。这一年正月，史思明之子史朝义兵败而死，其部将田承嗣、李怀仙归降，河南、河北地区相继收复，安史之乱终于结束。此诗叙写闻听光复蓟北的喜悦和还乡的愉快。

②剑外：剑门以南地区称剑外，即蜀地。收：收复。蓟北：河北北部地区。

③却看：回头看。妻子：妻子儿女。

④漫卷：随手卷起。

⑤放歌：放声歌唱。纵酒：纵情饮酒。

⑥青春：明媚春色。

⑦“即从”二句：这是杜甫想象中的还乡路线。巴峡：指在今重庆嘉陵江之巴峡，俗称“小三峡”。巫峡：三峡之一，在今重庆市巫山县。襄阳：今湖北襄阳县。杜甫先世为襄阳人。洛阳：杜甫家在洛阳。“洛阳”句下原注云：“余有田园在东京。”

阁　夜[1]

杜　甫

岁暮阴阳催短景[2]，天涯霜雪霁寒宵[3]。

五更鼓角声悲壮[4]，三峡星河影动摇[5]。
野哭几家闻战伐[6]，夷歌数处起渔樵[7]。
卧龙跃马终黄土[8]，人事音书漫寂寥[9]。

注释

①此诗是大历元年（766）冬，杜甫寓居夔州西阁时所作。抒写伤乱思乡之慨。

②阴阳：指日月。短景：冬季日短，故称短景。

③霁寒宵：指雪后寒冷的夜空十分晴朗。霁，雨过天晴曰霁。

④鼓角：更鼓与号角。

⑤三峡星河影动摇：银河星辰之影随三峡之水而摇动。一写江中夜景，另亦暗喻战乱未已。三峡，长江之瞿塘峡、巫峡、西陵峡。夔州之东即为瞿塘峡。星河：银河。古时认为天上星辰位置动摇往往是有战事的征兆。

⑥野哭几家闻战伐：从几家野哭声中能感到战争的存在。战伐：指此时蜀中崔旰、郭英乂、杨子琳等的混战。

⑦夷歌：当地少数民族之歌。起渔樵：起于渔人樵夫之中。即渔樵都唱夷歌，足见夔州之偏远。

⑧卧龙：诸葛亮又号卧龙先生。跃马：指公孙述。公孙述在西汉末年乘乱据蜀，称白帝。晋左思《蜀都赋》有“公孙跃马而称帝”句。二人在夔州都有祠庙。

⑨人事音书：指仕途生涯与亲朋消息。漫寂寥：任其寂寞寥落。

咏怀古迹[1]五首

杜　甫

其　一

支离东北风尘际，飘泊西南天地间[2]。
三峡楼台淹日月，五溪衣服共云山[3]。
羯胡事主终无赖[4]，词客哀时且未还[5]。

庾信平生最萧瑟，暮年诗赋动江关[6]。

注释

①此诗杜甫作于大历元年（766）的一组七律连章诗，五首分咏五处古迹，一指江陵的庾信宅，二指归州（今湖北秭归）的宋玉宅，三指归州的昭君村，四、五分指夔州的先主庙和武侯祠。杜甫由古迹而追怀古人，又由古人而抒发一己之怀抱。

②“支离”二句：指作者在安史之乱期间，逃离长安，入蜀往来飘泊。支离：流离之意。东北风尘际，指安史之乱时期。

③“三峡”二句：意谓作者在三峡、五溪地区都居住过。楼台：泛指房屋。淹日月：指滞留多日。五溪：指雄溪、樠溪、酉溪、沅溪、辰溪，在今鄂贵交界处，为古代少数民族所居住。《后汉书·南蛮传》：“武陵五溪蛮，皆槃瓠之后。……织绩木皮，好五色衣服。”

④羯胡：指安禄山，亦指反南朝梁的侯景。无赖：狡猾可恶之意。

⑤词客：指庾信，也指自己。哀时：感伤时事。未还：指飘泊异乡，不能回家。

⑥“庾信”二句：梁朝诗人庾信，字子山，新野（今属河南）人，梁元帝时出使北周，被留不归，常怀乡国之思。作《哀江南赋》曰：“将军一去，大树飘零；壮士不还，寒风萧瑟。提挈老幼，关河累年。”有《伤心赋》：“对玉关而羁旅，坐长河而暮年。”此处作者把安禄山叛唐比作梁朝侯景叛梁，把自己的乡国之思比作庾信之哀思故乡。

其　二

摇落深知宋玉悲[①]，风流儒雅亦吾师[②]。
怅望千秋一洒泪，萧条异代不同时[③]。
江山故宅空文藻，云雨荒台岂梦思[④]。
最是楚宫俱泯灭，舟人指点到今疑[⑤]。

注　释

①宋玉：战国楚人，其所作《楚辞·九辩》：“悲哉，秋之为气也，萧瑟兮草木摇落而变衰。”深知：指杜甫十分理解宋玉悲秋之原因。

②风流儒雅：指宋玉的气度和才学。

③“怅望”二句：慨叹与宋玉异代相隔近千年，而萧条之感却是相同的。

④“江山”二句：宋玉故宅空，只留下盖世文章，所作《高唐赋》难道只是说梦，而没有讽劝君王之意吗？故宅：指宋玉宅。空文藻：枉留下文采。云雨荒台，宋玉曾作《高唐赋》：昔先王尝游高唐，梦见一妇人曰：“妾巫山之女也。”王因幸之。去而辞曰：“妾在巫山之阳，高丘之岨，旦为行云，暮为行雨；朝朝暮暮，阳台之下。”阳台山：在今重庆市巫山县。岂梦思：难道是梦中的思绪。

⑤“最是”二句：最叫人感慨的是，当年的楚宫今天都已片瓦不存，船夫们驾船经过这里，指点旧址，还有怀疑。

其　三

群山万壑赴荆门[①]，生长明妃尚有村[②]。
一去紫台连朔漠[③]，独留青冢向黄昏[④]。
画图省识春风面，环珮空归月夜魂[⑤]。
千载琵琶作胡语，分明怨恨曲中论[⑥]。

注　释

①荆门：荆门山。《水经·江水注》：“江水东历荆门虎才之间。荆门山在南，上合下开，其状似门。”

②明妃：王昭君，汉元帝时宫人；晋时为避司马昭名讳而改称明妃。尚有村：昭君村在归州东北四十里，唐时还留有昭君故居遗址，故说“尚有村”。

③紫台：帝王之宫。朔漠：北方沙漠。

④青冢：即昭君墓，在今内蒙古呼和浩特西南。汉元帝时，朝廷与匈奴和亲，把宫人王昭君嫁给匈奴呼韩邪单于，从此再也没有回来，死在匈奴沙漠中。

⑤“画图”二句：靠画图怎么能知道昭君的美貌呢？使得昭君葬身沙漠，只有魂魄随着月夜归来。省识：认识。春风面：指美貌。据《西京杂记》载：“元帝后宫既多，使画工图形，按图召幸之。宫人皆赂画工，昭君自恃其貌，独不肯与，工人乃丑图之，遂不得见。后匈奴入朝求美人，上案图以昭君行。及去：召见，貌为后宫第一。帝悔之，而重信于外国，故不复更人。乃穷案其事，画工毛延寿弃市。”环珮：指妇女的装饰品，此借指昭君。

⑥“千载”二句：千年来流传的《昭君怨》虽然是胡人音乐的风格，但曲中幽怨怅恨的乡思还是听得很清楚的。相传王昭君在匈奴曾作怨思之歌，后人名为《昭君怨》。作胡语，琵琶为西域胡人乐器，所奏皆为胡音。曲中论：曲中所倾诉之意。

其　四

蜀主窥吴幸三峡①，崩年亦在永安宫②。
翠华想像空山里③，玉殿虚无野寺中④。
古庙杉松巢水鹤⑤，岁时伏腊走村翁⑥。
武侯祠屋常邻近⑦，一体君臣祭祀同⑧。

注　释

①蜀主：指刘备。窥吴：对东吴有企图。幸：旧称帝王驾临曰幸。

②崩：旧称帝王死亡曰崩。永安宫：三国蜀汉章武二年（222），刘备率蜀军经三峡攻东吴，被陆逊击溃，退至鱼复（今重庆市奉节）白帝城，改鱼复为永安，建永安宫居之，次年四月病死。

③翠华：皇帝的仪仗。

④玉殿：此句下有原注："殿今为卧龙寺，庙在宫东。"则唐时永安宫已变成荒凉的寺庙了。

⑤巢：筑窝。水鹤：鹤为水鸟，故称。

⑥岁时：一年中的节日。伏腊：古代两种祭祀的名称，伏在六月，腊在十二月。"岁时"以上四句是说，当年刘备在此建宫驻跸的情景依稀还能想见，而现在玉殿已不复存在，变成山间寺庙了。鹤鸟在寺旁林中建窝筑巢，每逢节日还有老乡来这里祭祀。

⑦武侯祠：诸葛亮封武乡侯，其武侯祠与先主庙相邻。

⑧一体君臣：刘备与诸葛亮君臣和谐，视如一体。祭祀同：一同接受后人的祭祀。

其 五

诸葛大名垂宇宙，宗臣遗像肃清高[①]。
三分割据纡筹策，万古云霄一羽毛[②]。
伯仲之间见伊吕[③]，指挥若定失萧曹[④]。
运移汉祚终难复，志决身歼军务劳[⑤]。

注 释

①宗臣：为后世所尊仰的重臣。《三国志·蜀志·诸葛亮传》注引张俨《默记》："亦一国之宗臣，霸主之贤佐也。"肃清高：为其清高的节操而肃然起敬。

②"三分"二句：诸葛亮以其出色的谋略导致了三分天下，他就像千百年来仅见的鸾凤翱翔在云霄。三分割据，指魏、蜀、吴三国鼎立。纡筹策：周密的筹划谋略。羽毛：指鸾凤。

③伯仲之间：意谓不相上下。伊吕：指商之伊尹和周之吕尚，皆为辅佐贤主开基立国的名相。

④失萧曹：意谓萧曹有所不及。萧曹，指辅佐汉高祖的萧何、曹参，皆一代名臣。

⑤"运移"二句：不可抗拒的气运转移，再不护佑汉朝，诸葛亮终究难以复兴汉室，虽然他志向坚定，但终因军务繁杂，积劳成疾，不治而亡。运：指气运。汉祚：指汉朝的国统。祚：帝位。身

歼：死亡。

长沙过贾谊宅[①]

刘长卿

三年谪宦此栖迟[②]，万古惟留楚客悲[③]。
秋草独寻人去后，寒林空见日斜时[④]。
汉文有道恩犹薄[⑤]，湘水无情吊岂知[⑥]。
寂寂江山摇落处[⑦]，怜君何事到天涯[⑧]。

注　释

①刘长卿曾两度被贬，此诗当作于贬谪江西以后，以吊古而自伤。贾谊宅：西汉贾谊曾被贬为长沙王太傅。据《太平寰宇记》称，贾谊宅在县南六十步。

②三年谪宦：贾谊为长沙王太傅三年。栖迟：逗留。

③楚客：指贾谊。

④寒林空见日斜时：据《史记·屈原贾生列传》记载，贾谊在长沙时，有鸮飞入居室，自以为不祥，乃作《鹏鸟赋》，有“庚子日斜兮，鹏集予舍”和“野鸟入室兮，主人将去”之句。作者在此处化用其语，即景写心。

⑤汉文：汉文帝，他虽有明君之称，仍不能重用贾谊。

⑥岂知：哪里知道。贾谊渡湘水时，曾作赋吊屈原。

⑦摇落：秋景荒凉。

⑧君：作者自指。到天涯：指被贬到极远的地方。

赠阙下裴舍人[①]

钱　起

二月黄鹂飞上林[②]，春城紫禁晓阴阴[③]。
长乐钟声花外尽[④]，龙池柳色雨中深[⑤]。
阳和不散穷途恨[⑥]，霄汉常悬捧日心[⑦]，
献赋十年犹未遇[⑧]，羞将白发对华簪[⑨]。

注释

①此诗为诗人赴京求官献诗裴舍人以期荐引之作。阙下：即宫阙之下，此指朝廷。裴舍人：其人不详。舍人，中书舍人，专掌草诏传旨之职。

②上林：上林苑，秦汉时皇家官苑，在今陕西西安市。此指唐宫苑。

③紫禁：指皇宫。古时星象学家把天上紫微星座比作皇帝居处，故有称皇宫为“紫宫”。又皇宫禁卫森严，非常人可随意出入，又称“宫禁”。合二称即为“紫禁”。

④长乐：长乐宫为汉宫殿名，此借指唐宫。花外尽：指钟声在花丛中渐渐消散。

⑤龙池：在唐宫中，唐中宗时因称有云龙之祥，故名。

⑥阳和：仲春之气。此处喻天子布施恩泽。

⑦霄汉：指云空。捧日心：典出《三国志·魏书·程昱传》裴注。程昱年轻时曾梦见自己双手捧日。曹操得知，对他说：“卿当终为吾腹心。”昱原名立，曹操在其上加“日”，改为昱。此处指效忠皇帝之心。

⑧献赋：向皇帝献辞赋，以示忠诚。古代文人常以献赋为仕途捷径。

⑨华簪：指高官华美的冠饰。此指裴舍人。簪：指官吏的冠饰。

寄李儋元锡[1]

韦应物

去年花里逢君别，今日花开又一年。
世事茫茫难自料，春愁黯黯独成眠[2]。
身多疾病思田里，邑有流亡愧俸钱[3]。
闻道欲来相问讯[4]，西楼望月几回圆[5]。

注 释

①此诗当作于韦应物为滁州刺史任上。因春愁而怀友寄赠。李儋：武威（今甘肃武威）人，曾任殿中侍御史。元锡：字君贶，曾任淄王傅。二人皆韦应物之友。

②黯黯：形容心情郁闷。

③邑：指滁州属境。流亡：逃亡之灾民。俸钱：指自己所得的薪金。

④问讯：探问消息，此为探望之意。

⑤西楼：指滁州西楼。

同题仙游观①

韩 翃

仙台初见五城楼②，风物凄凄宿雨收③。
山色遥连秦树晚，砧声近报汉宫秋④。
疏松影落空坛静，细草香生小洞幽。
何用别寻方外去⑤，人间亦自有丹丘⑥。

注 释

①此诗描写秋雨后道观的清虚悠远。仙游观：道士潘师正在嵩山逍遥谷所立之道观。

②五城楼：据《史记·封禅书》记载："黄帝时为五城十二楼，以候神人于执期，命曰迎年。"后人以"五城楼"、"十二楼"为神仙之居处。此处即指仙游观。

③宿雨：经夜之雨。

④砧声：捣衣声。汉宫：也指唐宫。

⑤方外：即世外仙居。

⑥丹丘：传说中神仙所居，昼夜常明。

春 思①

皇甫冉

莺啼燕语报新年，马邑龙堆路几千②？
家住层城临汉苑③，心随明月到胡天④。
机中锦字论长恨⑤，楼上花枝笑独眠。
为问元戎窦车骑，何时返旆勒燕然⑥？

注 释

①此诗写新春时闺中妻子思念征戍在外的丈夫。

②马邑：边城名，在今山西朔县西北。龙堆：即白龙堆，在今新疆。

③层城：指京城。因京城分内外两层，故称。汉苑：此指唐时皇宫。

④胡天：指丈夫征戍之地，即上文马邑、龙堆。

⑤机中锦字：典出《晋书·窦滔传》。苻坚时，窦滔为秦州刺史，被徙流沙。其妻苏蕙能文，思念窦滔，织锦为回文诗寄给他，共二百余首，循环反复，皆成文意。机：指织机。锦字：即回文诗。

⑥“为问”二句：借东汉窦宪故实，表达盼望丈夫早日立功凯旋的心情。元戎：主将。窦车骑：指东汉车骑将军窦宪。返旆：班师。勒：刻石。燕然：燕然山，即今蒙古国杭爱山。窦宪为车骑将军，大破匈奴，登燕然山，刻石而归。

晚次鄂州①

卢 纶

云开远见汉阳城，犹是孤帆一日程②。
估客昼眠知浪静③，舟人夜语觉潮生④。

三湘愁鬓逢秋色[5]，万里归心对月明[6]。
旧业已随征战尽[7]，更堪江上鼓鼙声[8]。

注 释

①此诗作于安史之乱之后，卢纶做客鄱阳途中，夜泊武昌之时，即景抒怀，寓伤老、思归、厌战的感慨。次：留宿。鄂州：今湖北武汉市武昌。

②孤帆：指船。

③估客：商人。

④舟人：船家。

⑤三湘：漓湘、潇湘、蒸湘之总称，在今湖南境内。卢纶此去鄱阳，由武昌南下即入湖南。愁鬓：指鬓发因愁思而变白。

⑥归心：思乡之心。

⑦旧业：原有的家产。征战：指安史之乱。

⑧鼓鼙声：战鼓声。

登柳州城楼寄漳汀封连四州刺史[1]

柳宗元

城上高楼接大荒[2]，海天愁思正茫茫。
惊风乱飐芙蓉水[3]，密雨斜侵薜荔墙[4]。
岭树重遮千里目，江流曲似九回肠[5]。
共来百越文身地[6]，犹自音书滞一乡[7]。

注 释

①唐顺宗永贞元年（805），柳宗元因参加王叔文集团政治革新失败，与刘禹锡等八人一起被贬为州郡司马，史称“八司马”。唐宪宗元和十年（815），其中的五人又另有任命：柳宗元为柳州刺史，韩泰为漳州刺史，韩晔为汀州刺史，陈谏为封州刺史，刘禹锡为连州刺史。此诗是柳宗元初到任时，寄赠其他四人的。柳州：在今广西。漳州：在今福建。汀州：今福建长汀。封州：今广东封川。连州：今广东连县。

②大荒：旷野。

③惊风：狂风。飐：吹动。芙蓉水：指生长着荷花的河流。

④薜荔墙：爬满薜荔的城墙。薜荔，蔓生植物，又称木莲。

⑤九回肠：语本司马迁《报任安书》“肠一日而九回”，比喻愁绪萦绕心中。

⑥百越：指岭南少数民族地区。文身地：意指蛮荒之地。文身，在身上刺花纹，据古书记载，此地少数民族“文身断发”。

⑦音书：音信。滞：阻隔。

西塞山怀古①

刘禹锡

王濬楼船下益州，金陵王气黯然收②。
千寻铁锁沉江底③，一片降幡出石头④。
人世几回伤往事，山形依旧枕寒流⑤。
从今四海为家日，故垒萧萧芦荻秋⑥。

注　释

①此诗作于长庆四年（824）由夔州调任和州刺史，途经西塞山时。是一首咏晋、吴兴亡事迹的怀古诗。西塞山：在今湖北大冶县，为长江中流要塞，三国时东吴曾在此设防。

②“王濬”二句：王濬出兵益州，吴国都城的王气便黯然消散，国运将终。王濬，字士治，弘农湖县（今河南灵宝）人，官益州刺史。楼船：晋咸宁五年（279），王濬奉晋武帝之命，为伐吴造战船，船上以木为城，起楼。每船可容二千人。益州：今四川成都。太康元年（280），王濬率船队从益州出发，顺流而下，征伐东吴。金陵王气：金陵即建业，今南京市。相传战国楚威王时，有人见此地有王气，埋金以镇之，故名金陵。东吴也以金陵为都城。黯然：形容伤神。

③千寻：形容长。寻，古时八尺为一寻。铁锁：为防守晋国战船的进攻，吴国在江面上拉起铁锁，横绝江面，但被王濬用大火

烧断。

④降幡：降旗。石头：石头城，在今江苏江宁，为吴都的屏障。王濬率军攻入石头城，吴主孙皓亲至营门投降。

⑤寒流：指长江。

⑥“从今”二句：在今天唐代一统天下的时代，旧日的营垒都荒废遗弃了，只剩下瑟瑟芦荻、萧萧秋风了。四海为家，四海为一家所有，即天下统一之意。故垒：旧日的营垒。

苏武庙①

温庭筠

苏武魂销汉使前②，古祠高树两茫然。
云边雁断胡天月③，陇上羊归塞草烟。
回日楼台非甲帐④，去时冠剑是丁年⑤。
茂陵不见封侯印⑥，空向秋波哭逝川⑦！

注释

①此为写苏武事迹的怀古诗。苏武：西汉人，字子卿。汉武帝天汉元年（前100）出使匈奴，被扣留逼降，始终不屈，乃流放至北海（今贝加尔湖）牧羊，达十九年，历尽艰苦，忠心不渝。汉昭帝时，与匈奴和亲，汉使臣与匈奴交涉，苏武方得回国，至长安已是始元六年（前81）春了。后拜典属国，专掌少数民族事务。

②苏武魂销汉使前：苏武见到汉昭帝派来的使节时万分激动。

③雁断：指音讯不通。汉使向匈奴询问苏武时，匈奴诡称苏武已死。后有人教汉使对单于说，汉帝射雁，在雁足上得苏武之亲笔信，称在某泽中。单于这才承认苏武尚在。

④回日楼台非甲帐：回国的时候，汉武帝已死，楼台宫殿已非当时出国时的样子。甲帐，据《汉武故事》记载，汉武帝以琉璃、珠玉、宝石等为帷帐，分为甲帐和乙帐，甲帐居神，乙帐自居。

⑤去时冠剑是丁年：当年出使的时候，冠冕佩剑的人正当壮

年。丁年，壮年。汉制，男子二十岁至五十岁须服徭役，谓之丁年。旧题李陵《答苏武书》有“丁年奉使，皓首而归”之句。

⑥茂陵不见封侯印：苏武不能在汉武帝在世时见到他，得到封侯之赏。茂陵，汉武帝陵墓，在今陕西兴平县。此代指汉武帝。

⑦逝川：《论语·子罕》：“子在川上曰：逝者如斯夫！”后以逝川比喻流逝的岁月。

宫词①

薛　逢

十二楼中尽晓妆，望仙楼上望君王②。
锁衔金兽连环冷③，水滴铜龙昼漏长④。
云髻罢梳还对镜⑤，罗衣欲换更添香。
遥窥正殿帘开处，袍袴宫人扫御床⑥。

注　释

①此诗写宫妃望幸不得的寂寞和顾影自怜。

②“十二楼”二句：一大早皇宫中的妃嫔们都打扮好，盼望着皇帝的临幸。十二楼，《史记·封禅书》记载方士所云：“黄帝时为五城十二楼，以候神人于执期，命曰迎年。”后以“五城楼”、“十二楼”指仙人之居处。此处把皇帝比作仙人，即指皇宫。望仙楼，唐宫中楼名，武宗会昌五年（841）修建，此非实指，意同“十二楼”。

③金兽连环：宫门上铜制的兽头形的门环。

④铜龙：指铜制龙形的滴漏，是古时的计时器，水从龙口滴下，观刻度以知时。昼：白天。

⑤罢梳：梳妆完毕。

⑥袍袴宫人：指穿袍套裤的宫女。短袍绣裤是当时宫女的装束。御床：皇帝睡的龙床。

贫女[①]

秦韬玉

蓬门未识绮罗香[②]，拟托良媒亦自伤。
谁爱风流高格调[③]，共怜时世俭梳妆[④]。
敢将十指夸针巧[⑤]，不把双眉斗画长[⑥]。
苦恨年年压金线[⑦]，为他人作嫁衣裳。

注释

①此诗是作者借贫女自伤身世，来倾诉自己的抑郁心情。

②蓬门：蓬草编的门，指贫女破败之居。绮罗香：指富贵女子的服装。

③风流：举止潇洒。高格调：指气质品格超群。

④怜：爱。时世：当代。俭梳妆：俭朴的打扮。唐文宗曾下诏："禁高髻，俭妆，去眉开额。"白居易《时世妆》也将"腮不施朱，面无粉"作为当时流行的俭妆。

⑤敢将十指夸针巧：意谓贫女精于刺绣。

⑥不把双眉斗画长：意谓贫女貌美。斗：争。

⑦压金线：指刺绣。

鹿柴[①]

王　维

空山不见人，但闻人语响。
返影入深林[②]，复照青苔上。

注释

①王维有《辋川集》，收诗二十首，前有序，举孟城坳、华子冈、鹿柴、竹里馆等二十景，每景一诗，并有裴迪的同咏。此诗写山林幽趣。鹿柴：用带枝杈树木搭成的栅栏，形似鹿角，故名。这是王维辋川别业中的一景。柴，通"寨"、"砦"，木栅栏。

②返影：落日返照。

相　思[1]

王　维

红豆生南国[2]，春来发几枝。

愿君多采撷[3]，此物最相思。

注　释

①此诗以咏物而咏人，有因物而寄相思之意。

②红豆：相思木所结之子，又名相思子，产于亚热带地区。相传相思子圆而红，昔有人死于边塞，其妻思之，哭于树下而卒，因以为名。

③采撷：采摘。

宿建德江[1]

孟浩然

移舟泊烟渚[2]，日暮客愁新。

野旷天低树，江清月近人。

注　释

①此诗作于诗人漫游吴越时，约在开元十六年（728）后，写羁旅之思。建德江：新安江流经建德县（今浙江建德）的一段。

②烟渚：暮烟笼罩的小洲。

春　晓[1]

孟浩然

春眠不觉晓[2]，处处闻啼鸟。

夜来风雨声，花落知多少。

注　释

①此诗以春睡醒觉的片断写出喜春、惜春的生活情味。

②不觉晓：不知道天亮了。

静夜思[1]

李 白

床前明月光，疑是地上霜。
举头望明月[2]，低头思故乡。

注 释

①诗题一作《夜思》，作年不详。此诗以“月光”与“霜”之间所形成的错觉写游子思乡之情。

②望明月：晋《清商曲辞·子夜四时歌·秋歌》：“仰头看明月，寄情千里光。”

八阵图[1]

杜 甫

功盖三分国[2]，名成八阵图。
江流石不转[3]，遗恨失吞吴[4]。

注 释

①此诗作于大历元年（761），杜甫初到夔州之时。借评述孔明表明自己的识见。八阵图：诸葛亮所布八阵共有四处，以夔州为最著名。八阵即天、地、风、云、飞龙、翔鸟、虎翼、蛇盘。

②功盖三分国：诸葛亮佐蜀，三分天下，成盖世之功。三分国，即魏、蜀、吴三国鼎立。

③江流石不转：八阵之石虽经江水冲击，仍屹立不动。石不转，八阵在夔州西南江边，聚石成堆，纵横棋布，夏季为水所淹，冬季水退则现。

④遗恨失吞吴：此处说法不一：一解作以失策于吞吴为恨。诸葛亮本意在联吴抗曹，故不赞成刘备兴兵伐吴，猇亭大败，以为失策。一解作以未能灭吴为恨。诸葛亮立志灭吴伐魏，复兴汉室，本有灭吴之心，而刘备未能成功，以此为恨。一解作以不能用八阵图制吴为恨。三说中，以第一说较为合理。

登鹳雀楼[1]

王之涣

白日依山尽，黄河入海流。
欲穷千里目，更上一层楼。

注释

①此诗抒写登高望远的豪迈之情。鹳雀楼：在蒲州（今山西永济）西南城上，因常有鹳雀栖其上而得名。

送灵澈[1]

刘长卿

苍苍竹林寺[2]，杳杳钟声晚[3]。
荷笠带斜阳[4]，青山独归远。

注释

①此诗以写景而写送别，似一幅有声画。灵澈：唐著名诗僧，本姓汤，生于会稽，后出家，号灵澈，字源澄。

②竹林寺：在今江苏镇江南。

③杳杳：形容钟声幽远。

④荷：背着。

送上人[1]

刘长卿

孤云将野鹤[2]，岂向人间住。
莫买沃洲山[3]，时人已知处。

注释

①此诗为一首送别之作，意谓：若想当孤云野鹤，就该隐居。但不能去沃洲山这种名山，这会让人知道你的居处。上人：佛教称

具备德智善行的人，后用作对僧人之尊称。此指灵澈。

②此句用张祜《寄灵澈诗》“独树月中鹤，孤舟云外人”之意，形容上人之清高。

③沃洲山：在今浙江新昌。相传晋代名僧支遁曾居此；道家第十二福地。

秋夜寄丘员外[1]

韦应物

怀君属秋夜[2]，散步咏凉天。
空山松子落，幽人应未眠[3]。

注　释

①此诗作于韦应物任苏州刺史任上，时丘丹正在临平山中学道。此诗以秋夜独吟怀想未眠的幽人，诗意空灵。丘员外：指丘丹，嘉兴（今浙江嘉兴）人，曾任仓部员外郎。

②属：适逢。

③幽人：指学道的丘丹。

听　筝[1]

李　端

鸣筝金粟柱[2]，素手玉房前[3]。
欲得周郎顾，时时误拂弦[4]。

注　释

①此诗写一弹筝女郎为吸引情郎聆赏，故意将曲子弹错。筝：拨弦乐器，古为十二弦，后十三弦。

②金粟柱：桂木做的柱。古称桂为金粟，柱为琴筝上系弦之木。此写弦轴之精美。

③玉房：筝上安枕之处。

④“欲得”二句：典出《三国志·吴书·周瑜传》。周瑜二十四岁为建威中郎将，吴中人称作周郎。他精通音乐，听人弹奏有误，必能知之，知之必会顾看，故时人有“曲有误，周郎顾”的说法。

新嫁娘词[1]

王　建

三日入厨下[2]，洗手作羹汤。
未谙姑食性[3]，选遣小姑尝。

注　释

①此题下原有三首，此为其二。此诗写纯朴的民间风俗人情。

②三日入厨下：按古代风俗，婚后三天叫“过三朝”，新娘要下厨房做菜。

③谙：熟悉。姑：指婆婆。食性：口味。

玉台体[1]

权德舆

昨夜裙带解[2]，今朝蟢子飞[3]。
铅华不可弃[4]，莫是藁砧归[5]。

注　释

①此题下，权德舆原作诗十二首，此为其十一，咏闺情。玉台体：南朝陈徐陵编《玉台新咏》十卷，选古代艳情诗作，后世称之为玉台体。

②裙带解：指裙带不解自开。章云仙《唐诗注疏》有“裙带解，主应夫归之兆”。

③蟢子：一种蜘蛛，又名喜蛛。因嬉、喜谐音，而引为吉兆。胡震亨《唐音癸签》卷二十云：“俗说：裙带解，有酒食；蟢子缘人衣，有喜事。其来盖远。”

④铅华：脂粉。

⑤莫是：莫不是之意。藁砧：古时妇女称丈夫的隐语。藁砧都是切割用的垫具，切时用铁，即铡刀。因鈇、夫谐音而生此意。

江　雪[1]

柳宗元

千山鸟飞绝，万径人踪灭。

孤舟蓑笠翁[2]，独钓寒江雪。

注　释

①此诗作于柳宗元被贬永州司马期间，写极寥廓的背景中的孤舟蓑笠翁，隐含诗人凄苦、倔强的心志。

②蓑笠：穿蓑衣，戴斗笠。蓑衣是一种棕编成的雨衣。

何满子[1]

张　祜

故国三千里[2]，深宫二十年。

一声《何满子》[3]，双泪落君前！

注　释

①此题下原有二首，此为第一首，写宫女之怨。题又作《宫词》。

②故国：故乡。

③何满子：又作《河满子》，乐府曲名。据白居易《听歌六绝句》之五《何满子》一诗自注说："开元中，沧州有歌者何满子，临刑进此曲以赎死，上意不免。"后以其名命曲，曲调哀婉悲切。它也为舞曲名。苏鹗《杜阳杂编》记载，唐文宗时，"宫人沈阿翘为帝舞《何满子》，调辞风态，率皆宛畅。"张祜又有一诗《孟才子叹》，序中说，唐武宗病重临终前，问宠姬孟才人今后怎么办，孟才人指着笙囊说："请以此就缢。"又说："妾尝艺歌，愿对上歌一曲，以泄其愤。"于是，"乃歌一声《何满子》，气亟立殒"。武宗让

医生看视，医生说："脉尚温而肠已断。"张祜听知其事，作《孟才人叹》诗："偶因歌态咏娇嚬，传唱宫中十二春。却为一声《何满子》，下泉须吊旧才人。"

登乐游原①

李商隐

向晚意不适②，驱车登古原。
夕阳无限好，只是近黄昏。

注释

①此诗以登高远览，抒发迟暮之感、沉论之痛。乐游原：又名乐游苑、乐游阙，本为汉宣帝所立乐游庙。地处长安东南，登高可眺望全城。

②不适：不快。

寻隐者不遇①

贾　岛

松下问童子②，言师采药去。
只在此山中，云深不知处。

注释

①此诗一题《访羊尊师》，孙革作。此诗以问答体写访友不遇。

②童子：指隐者之弟子。

渡汉江①

宋之问

岭外音书绝②，经冬复立春。
近乡情更怯，不敢问来人③。

注释

①宋之问张易之事而被贬岭南，于神龙二年（706）逃归洛阳。

此诗作于途经汉水时，以白描手法写特定时间、环境中的特殊心态。此诗原题李频作，误。汉江：汉水。

②岭外：指岭南。书：信。

③来人：指从家乡来的人。

春　怨[1]

金昌绪

打起黄莺儿，莫教枝上啼。
啼时惊妾梦[2]，不得到辽西[3]。

注　释

①一题作《伊州歌》。此为一首闺怨诗，丈夫从军在外，少妇梦中与之相会，却被黄莺惊醒。

②妾：古时女子自称。

③辽西：辽河以西，为丈夫从军之地。

哥舒歌[1]

西鄙人

北斗七星高[2]，哥舒夜带刀[3]。
至今窥牧马[4]，不敢过临洮[5]。

注　释

①此为西北边地人民怀念哥舒翰的诗歌。哥舒：指哥舒翰，唐玄宗时大将，曾大败吐蕃，威名甚著，使之不敢西进。他曾任陇右节度使兼河西节度使，积功封西平郡王。

②北斗七星：即北极星。古人常以之喻指人君或威望很高的人。

③夜带刀：指哥舒翰严守边防，枕戈待旦。

④窥：偷视。牧马：古代北方少数民族常南下牧马劫掠，后用之以称其侵边。

⑤临洮：在今甘肃岷县。

玉阶怨[1]

李　白

玉阶生白露，夜久侵罗袜[2]。
却下水精帘[3]，玲珑望秋月[4]。

注　释

①此题为乐府《楚调曲》的旧题，李白拟作，写闺怨。

②侵罗袜：露水打湿了丝织袜子。

③水精帘：即水晶所制帘子。

④玲珑：澄澈明亮的样子。

塞下曲[1]四首

卢　纶

其　一

鹫翎金仆姑[2]，燕尾绣蝥弧[3]。
独立扬新令[4]，千营共一呼。

注　释

①塞下曲：唐新乐府辞，属《横吹曲》，源出《出塞》、《入塞》曲。一题作《张仆射塞下曲》。题下原有六首，此选前四首。此首写将军的装束气概。

②鹫：鹰的一种，体形较大。翎：鸟尾上长羽毛，可制箭翎。金仆姑：箭名。《左传·庄公十一年》："乘丘之役，公以金仆姑射南宫长万。"此指箭。

③燕尾：指旗上飘带。蝥弧：旗名。《左传·隐公十一年》："颍考叔取郑伯之旗蝥弧以先登。"

④扬：传达。

其　二[1]

林暗草惊风[2]，将军夜引弓[3]。
平明寻白羽，没在石棱中[4]。

注 释

①此诗写将军黑夜射虎的神勇。

②林暗草惊风：写猛虎出现之状。

③引弓：拉弓

④“平明”两句：用李广事。《史记·李将军列传》：“广出猎，见草中石，以为虎而射之，中石没镞，视之，石也。”平明，天刚亮。白羽，指箭。因箭上装有鸟羽，故称。石棱，石之边角。

其　三[1]

月黑雁飞高，单于夜遁逃[2]。
欲将轻骑逐，大雪满弓刀。

注 释

①此诗写雪夜闻警追击的场面。

②单于：匈奴首领之称。遁：逃避。

其　四[1]

野幕敞琼筵[2]，羌戎贺劳旋[3]。
醉和金甲舞[4]，雷鼓动山川[5]。

注 释

①此诗写野外军帐祝捷的欢欣场景。

②野幕：指野地里的营帐。敞：开设。琼筵：指盛宴。

③羌戎：对西北少数民族的泛指。此指被征服而归附的部族。贺劳：庆贺慰劳。旋：凯旋。

④和：穿戴着。金甲：铠甲。

⑤雷鼓：即擂鼓。

江南曲[1]

李　益

嫁得瞿塘贾[2]，朝朝误妾期[3]。

早知潮有信[4]，嫁与弄潮儿[5]。

注释

①此诗以嗔怨写商人妇对丈夫的挚情。江南曲：乐府《相和歌》旧调，源自江南民歌，多写男女恋情。

②瞿塘：长江三峡有瞿塘峡，在今重庆市奉节县。瞿塘贾：指经长江入蜀经商的商人。贾，商人。

③妾：古代妇女的谦称。

④潮有信：指潮水涨落有固定的时候。信，信期，约定的归期。

⑤弄潮儿：据《元和郡县志》卷二十五记载，每年八月十八日人们观浙江潮时，总有渔家子弟溯涛触浪，称之为弄潮。

回乡偶书[1]

贺知章

少小离家老大回，乡音无改鬓毛衰[2]。
儿童相见不相识，笑问客从何处来。

注释

①此诗作于天宝三年（744）贺知章辞官还乡时，时已八十六岁了。此诗截取诗人久客返乡的生活场景，表达感触万千的心情。

②衰：稀疏。

桃花溪[1]

张　旭

隐隐飞桥隔野烟，石矶西畔问渔船[2]。
桃花尽日随流水，洞在清溪何处边？

注释

①此诗承陶渊明《桃花源记》之事，加以发挥。桃花溪：在今

湖南桃源县西南，源自桃花山。

②矶：水边突出的岩石。

九月九日忆山东兄弟[①]

王　维

独在异乡为异客，每逢佳节倍思亲。
遥知兄弟登高处，遍插茱萸少一人[②]。

注　释

①此诗作于王维十七岁时。当时他在长安，家乡蒲州（今山西永济）在华山之东，故称家乡兄弟为山东兄弟。以浅切的语言写出佳节异乡为异客的孤独、凄惶感受。九月九曰：重阳节。山东：指华山以东。

②“遥知”二句：遥想兄弟们一定都登高插茱萸，只我一人还在异乡。茱萸，一种有浓香的植物。据《风土记》载，古时在重阳节有登高饮菊花酒、佩带茱萸以避祸驱邪的风俗。

芙蓉楼送辛渐[①]

王昌龄

寒雨连江夜入吴，平明送客楚山孤[②]。
洛阳亲友如相问，一片冰心在玉壶[③]。

注　释

①此诗当作于王昌龄官江宁丞时。据殷璠《河岳英灵集》卷下记载，王昌龄晚年“晚节不矜细行，谤议沸腾，再历遐荒”，正是此时。王昌龄此诗正是要向亲友表明自己的清白。芙蓉楼：为唐代润州（今江苏镇江）之西北角楼。辛渐：其人不详。

②平明：天刚亮。楚山：润州春秋时属吴地，战国时属楚地，故称楚山，与上句“吴”互文。

③冰心在玉壶：此用以表明自己心地纯洁。语有所本：陆机《汉高祖功臣颂》有“心若怀冰”句，鲍照《白头吟》有“清如玉

壶冰”句，姚崇《冰壶诫序》云：“内怀冰清，外涵玉润，此君子冰壶之德也。”俱用以比喻君子之品格。

闺　怨①

王昌龄

闺中少妇不知愁，春日凝妆上翠楼②。
忽见陌头杨柳色③，悔教夫婿觅封侯④。

注　释

①此诗以春光反衬闺中少妇的孤清、寂寞和怨悔。

②凝妆：盛妆。

③陌头：道边。

④觅封侯：为封侯而从军。

凉州曲①

王　翰

蒲萄美酒夜光杯②，欲饮琵琶马上催③。
醉卧沙场君莫笑，古来征战几人回。

注　释

①此诗是描写出征情景的边塞诗。凉州曲：又作《凉州词》，唐乐府名。据《乐府诗集》引《乐苑》说，它是开元年中西凉府都督郭知运进献给朝廷的。凉州：在今甘肃武威。

②蒲萄美酒：西域盛产葡萄，酿成美酒，汉武帝时已传入中国。夜光杯：据《海内十洲记》记载，周穆王时，西域曾进献白玉制作的“光明照夜”的“夜光常满杯”。这里借以形容酒杯的晶莹精致。

③琵琶：据刘熙《释名·释琵琶》说，琵琶是马上弹奏的乐器。催：弹奏。

送孟浩然之广陵[①]

李　白

故人西辞黄鹤楼[②]，烟花三月下扬州[③]。

孤帆远影碧空尽，惟见长江天际流。

注　释

①此诗写楼头送别，怅望之情，俱在言外。孟浩然：盛唐诗人。之：往。广陵：今江苏扬州。

②故人：老友，指孟浩然。

③烟花三月：繁花浓丽的春天。

下江陵[①]

李　白

朝辞白帝彩云间，千里江陵一日还[②]。

两岸猿声啼不住，轻舟已过万重山。

注　释

①此诗又题《早发白帝城》。白帝城在今四川奉节县。诗作于乾元二年（759），李白因永王李璘事而流放夜郎，行至白帝城而遇赦，故乘船返江陵，一日千里可谓欢快心情的写照。江陵：在今湖北江陵县。

②千里江陵一日还：盛弘之《荆州记》曰："有时朝发白帝，暮到江陵，其间千二百里，虽乘奔御风，不为疾也。"

逢入京使[①]

岑　参

故园东望路漫漫，双袖龙钟泪不干[②]。

马上相逢无纸笔，凭君传语报平安。

注释

①此诗作于天宝八年（749）岑参前往安西时，写故园难归的乡思酸辛。

②龙钟：被泪水沾湿的样子。

江南逢李龟年[1]

杜甫

岐王宅里寻常见[2]，崔九堂前几度闻[3]。
正是江南好风景，落花时节又逢君。

注释

①此诗作于大历五年（770）春，杜甫少时曾听李龟年唱过歌，此时在潭州（今湖南长沙）重逢，即作此诗相赠。江南：指长江、湘水一带。李龟年：唐时著名音乐家，善歌，开元、天宝年间颇负盛名，得玄宗优遇。安史之乱后，流落江南，每逢良辰胜景，为人歌数曲，座中无不掩泪罢酒。

②岐王宅：在洛阳尚善坊。岐王，李范，睿宗之子、玄宗之弟。喜爱文学，好结纳文士。寻常：平常。

③崔九堂：崔涤有宅在洛阳遵化里。崔九，即崔涤，玄宗宠臣，常出入禁中。杜甫少时“出游瀚墨场”，常于岐王、崔九的宅第中出入，见过李龟年。

滁州西涧[1]

韦应物

独怜幽草涧边生[2]，上有黄鹂深树鸣。
春潮带雨晚来急，野渡无人舟自横。

注释

①此诗作于建中四年（783）春，韦应物为滁州刺史时。此诗

是写春游西涧赏景和晚雨野渡所见的山水诗。西涧：在滁州（今安徽滁县）城西，俗称上马河。

②独怜：只爱。

枫桥夜泊[1]

张　继

月落乌啼霜满天，江枫渔火对愁眠[2]。
姑苏城外寒山寺[3]，夜半钟声到客船。

注　释

①此诗写旅人夜泊枫桥的景象和感受。枫桥：本名“封桥”，因张继诗而相沿为“枫桥”，在今江苏苏州市西郊。

②江枫渔火对愁眠：因愁绪而未入眠的人只能与江枫、渔火相对。江枫，江边枫树。

③姑苏：苏州的别称，因城西南有姑苏山而得名。寒山寺：寺在枫桥边，相传因唐名僧寒山、拾得曾在此居住而得名。

寒　食[1]

韩　翃

春城无处不飞花[2]，寒食东风御柳斜[3]。
日暮汉宫传蜡烛[4]，轻烟散入五侯家[5]。

注　释

①此诗描绘寒食节景象和改火习俗。寒食：古代以冬至后一百零五天为寒食节，约在清明节前二天，其时禁火，吃寒食。寒食禁火是古代“改火”习俗的沿续，每年春天，灭旧火，用新火，除旧迎新。

②飞花：初春柳絮纷飞，称飞花。

③御柳：指皇宫之柳。

④汉宫：指唐宫。传蜡烛：寒食节时，据唐制，须由宫廷取新火，由蜡烛以赐群臣。

⑤五侯：《汉书·元后传》载，汉成帝时封王谭等五个外戚为侯，称“五侯”。此处指豪门贵族。

月　夜[1]

刘方平

更深月色半人家[2]，北斗阑干南斗斜[3]。

今夜偏知春气暖，虫声新透绿窗纱[4]。

注　释

①此诗描写春夜的静谧、虫鸣的欢快，写景幽深，含情言外。

②半人家：半个庭院。指月亮已西斜，只能照亮半个院落。

③阑干：形容星斗横斜。南斗：即斗宿，二十八宿之一，位于北斗之南，故称。

④新透：初透。

春　怨[1]

刘方平

纱窗日落渐黄昏，金屋无人见泪痕[2]。

寂寞空庭春欲晚，梨花满地不开门。

注　释

①此题原有诗二首，此为其一。这是一首宫怨诗。

②金屋：指华丽的宫殿。《汉武故事》记载，汉武帝少年时喜欢其表妹阿娇，说：“若得阿娇作妇，当作金屋贮之。”

征人怨[1]

柳中庸

岁岁金河复玉关[2]，朝朝马策与刀环[3]。

三春白雪归青冢[4]，万里黄河绕黑山[5]。

注释

①此诗写征人久戍边塞不能还乡之怨。征人：指征戍边塞的将士。

②岁岁金河复玉关：意谓年年战争不断。金河，即黑河，在今内蒙古呼和浩特市南，唐时属匈奴辖地。玉关，即玉门关。

③朝朝马策与刀环：意谓每天都有战斗。马策，马鞭。刀环，指刀。

④三春白雪归青冢：指三月阳春，仍有白雪，状此地之苦寒。三春，三月阳春。青冢，指昭君墓，在今内蒙古呼和浩特市西南。

⑤万里黄河绕黑山：意谓此地还应是大唐帝国的疆土。黑山，即杀虎山，在今呼和浩特市东南。

宫　词[1]

顾　况

玉楼天半起笙歌[2]，风送宫嫔笑语和[3]。
月殿影开闻夜漏[4]，水精帘卷近秋河[5]。

注释

①此题下原为五首，此为其二，也是一首咏宫怨的诗。

②天半：形容玉楼之高。

③和：喧闹之意。

④闻夜漏：半夜里听着漏滴水声。漏，古代滴水（或沙）计时器。

⑤水精帘：水晶帘。秋河：即银河。

夜上受降城闻笛[1]

李　益

回乐烽前沙似雪[2]，受降城外月如霜。
不知何处吹芦管[3]，一夜征人尽望乡[4]。

注释

①此诗写边塞月夜，芦管引乡思。受降城：唐中宗景龙二年(708)，朔方军总管张仁愿为出击突厥，在黄河以北筑东、西、中三座受降城。此指西城，在今宁夏灵武。

②回乐烽：指回乐城附近的烽火台。回乐城故址在今宁夏灵武西南。

③芦管：以芦叶所作的笛子。

④征人：指远征的将士。

乌衣巷[1]

刘禹锡

朱雀桥边野草花[2]，乌衣巷口夕阳斜。
旧时王谢堂前燕，飞入寻常百姓家[3]。

注释

①此诗是《金陵五题》的第二首。此诗写乌衣巷的现状，将抚今吊古的感慨寄寓景物描写中。乌衣巷：在今南京市区东南。自东晋至唐代，乌衣巷一直是王、谢两大世家的居处。

②朱雀桥：秦淮河上的浮桥，在六朝都城金陵正南朱雀门外，为交通要道。花：开花。

③“旧时”二句：王、谢世家的旧宅子现已成为普通的民居了。寻常，平常。

宫中词[1]

朱庆馀

寂寂花时闭院门[2]，美人相并立琼轩[3]。
含情欲说宫中事，鹦鹉前头不敢言。

注释

①诗题一作《宫词》。此诗以细节写森严宫禁中宫女的怨思。

②花时：春暖花开时节。

③琼轩：装饰富丽的长廊。

近试上张水部[1]

朱庆馀

洞房昨夜停红烛[2]，待晓堂前拜舅姑[3]。
妆罢低声问夫婿，画眉深浅入时无[4]。

注　释

①此题又作《闺意献张水部》。这是一首以新妇自比的求荐诗。近试：临近考试。张水部：指张籍，他曾任水部员外郎。水部，工部四司之一，掌水道事。

②停：置放。

③舅姑：公婆。

④入时：时髦。

将赴吴兴登乐游原[1]

杜　牧

清时有味是无能[2]，闲爱孤云静爱僧。
欲把一麾江海去[3]，乐游原上望昭陵[4]。

注　释

①唐宣宗大中四年（850），杜牧由吏部员外郎出任湖州刺史，行前登乐游原告别。吴兴：今浙江吴兴。乐游原：为长安城南登临游览之处，为长安最高处。因西汉时汉宣帝在此建乐游苑，故名。

②清时有味是无能：此句是说，当此清平之世，正当有所作为，我却有如此闲情，那是因为自己无能啊。

③把：持。一麾：语本颜延之《五君咏》“屡荐不入官，一麾乃出守”句。麾，指旌旗。此处用指出任外省官吏。江海：此指湖州。因湖州临太湖、近海滨，故称。

④昭陵：唐太宗陵墓，在今陕西醴泉县九嵕山。

赤　壁[1]

杜　牧

折戟沉沙铁未销，自将磨洗认前朝[2]。
东风不与周郎便，铜雀春深锁二乔[3]。

注　释

①这是一首咏史诗。赤壁：在今湖北武昌赤矶山，一说在今湖北蒲圻县赤壁山。建安十三年（208），孙权、刘备联军大败曹操，史称“赤壁之战”。

②“折戟”二句：断戟沉埋沙里，还未腐蚀掉，我拿起来洗干净，认出是前代的遗物。折戟，断戟。将，拿起。

③“东风”二句：如果没有东风助周郎一臂之力，那么天姿国色的二乔怕会被幽闭在铜雀台上了。东风，赤壁大战时，曹操兵多势强，东吴都督周瑜用黄盖火攻之策，趁着东南风，用火船冲击曹军，大获全胜。周郎，指周瑜。铜雀，台名。曹操在邺城（今河北临漳县）建铜雀台，高十丈，极尽富丽。楼顶有大铜雀，故名。曹操把自己的宠姬歌妓尽贮台中，以娱晚景。二乔，指东吴美女大乔、小乔。大乔为孙策之妇，小乔为周瑜之妇。

泊秦淮[1]

杜　牧

烟笼寒水月笼沙，夜泊秦淮近酒家。
商女不知亡国恨[2]，隔江犹唱后庭花[3]。

注　释

①此诗抚景感事，有亡国之忧。秦淮：秦淮河，长江下游支流，穿过金陵（今江苏南京市）而入长江。时秦淮河两岸酒家林立，纸醉金迷，为寻欢作乐之所。

②商女：指在商人船上的扬州歌女。

③后庭花：即《玉树后庭花》，为陈朝末代皇帝陈后主（叔宝）所作乐府新曲。陈后主耽于声色，寻欢作乐，终至亡国。后人以此

曲为亡国之音。

遣怀[1]

杜牧

落魄江湖载酒行[2]，楚腰纤细掌中轻[3]。
十年一觉扬州梦，赢得青楼薄幸名[4]。

注释

①杜牧年轻时曾在扬州放浪冶游，颇受责备，后反省前事而作此诗。

②落魄：飘泊之意。

③楚腰纤细掌中轻：此句是说，喜爱那些体态轻盈、腰肢纤细、能歌善舞的美女。楚腰，典出《韩非子·二柄》："楚灵王好细腰，而国中多饿人。"此处借喻美人细腰。掌中轻，典出《飞燕外传》，说汉成帝皇后赵飞燕体轻，能在掌中起舞。

④青楼：歌楼妓院。薄幸：薄情负心。

秋夕[1]

杜牧

银烛秋光冷画屏[2]，轻罗小扇扑流萤[3]。
天阶夜色凉如水[4]，卧看牵牛织女星[5]。

注释

①此诗一题王建作。向被认作为宫词，写宫女秋夜冷落寂寥的心情。

②银烛秋光冷画屏：意谓秋夜中烛光照在画屏上，透出凉意。银烛，白蜡烛。

③轻罗：轻薄丝织品。

④天阶：指皇宫里的台阶。

⑤牵牛织女：相传牵牛、织女二星原为地上夫妇，因得罪天庭，被招回天上，隔于银河两端，相望而不相及。

夜雨寄北[1]

李商隐

君问归期未有期，巴山夜雨涨秋池[2]。

何当共剪西窗烛，却话巴山夜雨时[3]。

注 释

①此诗是李商隐入东川节度使柳仲郢幕时所作，写给朋友的。它又题作《夜雨寄内》，即是写给北方妻子的，但有人反对此说。

②巴山：今四川、陕西、湖北交界处的大巴山。这里泛指四川东部的山。

③“何当”两句：是设想重逢时的情景。何当，何时。却话，回忆、追溯过去而谈起。却，回溯。

瑶 池[1]

李商隐

瑶池阿母绮窗开[2]，黄竹歌声动地哀[3]。

八骏日行三万里[4]，穆王何事不重来？

注 释

①此诗假借《穆天子传》故事，讽刺唐王学仙服药之虚妄无稽。

②瑶池阿母绮窗开：意谓西王母在瑶池开窗等待穆王。瑶池阿母，据《穆天子传》记载，周穆王西游昆仑山，与西王母会宴于瑶池。临别时，西王母作歌，希望穆王“将子毋死，尚能复来”。穆王表示，三年后再来相会。阿母，即西王母。绮窗，雕饰精丽的窗户。

③黄竹歌声动地哀：借以暗示周穆王已死。黄竹，地名。《穆天子传》记载，周穆王在黄竹路上见风雪冻死人，便作诗哀之。

④八骏：相传周穆王有赤骥、华骝等八匹骏马。

瑶瑟怨①

温庭筠

冰簟银床梦不成②，碧天如水夜云轻。
雁声远过潇湘去③，十二楼中月自明④。

注　释

①这是一首闺怨诗。瑶瑟：瑟的美称。

②冰簟：凉席。银床：指月光照临的床。

③潇湘：水名，印潇水、湘江，在今湖南境内。此处用刘禹锡《潇湘神》诗意："楚客欲听瑶瑟怨，潇湘深夜月明时。"

④十二楼：《史记·封禅书》中记方士曾说："黄帝时为五城十二楼，以候神人于执期，命曰迎年。"此处以十二楼喻指闺楼。

马嵬坡①

郑　畋

玄宗回马杨妃死②，云雨难忘日月新③。
终是圣明天子事，景阳宫井又何人④。

注　释

①此诗咏玄宗与杨贵妃事，意在翻案。马嵬：在今陕西兴平县。唐天宝十四载安禄山反，次年玄宗仓皇奔蜀，过马嵬驿，赐杨贵妃死，葬于此。

②回马：指叛乱平定后，唐玄宗从蜀地返回长安。

③云雨：宋玉《高唐赋》述楚王梦遇巫山神女，神女自称"旦为朝云，暮为行雨"。后用指帝王艳遇及男女欢会。日月新：指唐肃宗即位后，中兴唐室。

④景阳宫井：即景阳井，又称胭脂井，在今南京。陈后主闻隋兵攻入都城，偕宠妃张丽华、孔贵嫔逃匿于井内，终被俘获。

已凉[1]

韩偓

碧阑干外绣帘垂，猩色屏风画折技[2]。
八尺龙须方锦褥[3]，已凉天气未寒时。

注释

①此题下原有诗二首，此为第一首。全诗以秋天室内陈设烘托闺客的秋思。

②猩色：如猩猩血的颜色，指红色。折技：画花卉的一种技法，画枝而不带根。

③龙须：此指龙须草织成之席。

金陵图[1]

韦庄

江雨霏霏江草齐[2]，六朝如梦鸟空啼[3]。
无情最是台城柳[4]，依旧烟笼十里堤。

注释

①此题一作《台城》，原有诗二首，此为其二，乃作者吊古伤今之作。金陵：今江苏南京市。

②霏霏：雨细密的样子。

③六朝：指吴、东晋、宋、齐、梁、陈六朝。金陵为此六朝的都城。

④台城：为六朝建业城的旧址，在南京市鸡鸣山麓，玄武湖边。

陇西行[1]

陈陶

誓扫匈奴不顾身，五千貂锦丧胡尘[2]。

可怜无定河边骨[3]，犹是春闺梦里人。

注释

①题下原有诗四首，此为其二。写战争给百姓带来的痛苦和灾难。陇西行：古乐府《相和歌辞·瑟调曲》旧题。

②“誓扫”二句：用汉李陵故事。李陵为击败匈奴，率步卒不足五千人深入沙漠，为诱兵之计。但因救兵不至，死伤殆尽。貂锦，汉羽林军着貂裘锦衣。此处指将士。

③无定河：源出内蒙古鄂尔多斯，流经陕西，汇入黄河。

寄人[1]

张泌

别梦依依到谢家[2]，小廊回合曲阑斜[3]。

多情只有春庭月，犹为离人照落花。

注释

①此题下原有诗二首，此为其一，写梦寄人，表现入骨相思。

②谢家：此指情人所居之处。唐人常以萧娘、谢娘称所爱之人。

③回合：回环。

渭城曲[1]

王维

渭城朝雨浥轻尘[2]，客舍青青柳色新。

劝君更尽一杯酒，西出阳关无故人[3]。

注释

①此诗以情景写别情，风味隽永。诗题一作《送元二使安西》。元二，其人不详。安西：指唐安西都护府，治所在今新疆库车。诗题又作《赠别》、《阳关》。此诗《乐府诗集》列入《近代曲辞》。王维作诗，后谱成曲，有《阳关三叠》之名。

②渭城：秦时名咸阳县，汉时改名渭城，治所在今陕西咸阳市东北。浥：湿润。

③阳关：汉置边关，因在玉门关南，故称阳关，故址在今甘肃敦煌西南。

秋夜曲[①]

王 维

桂魄初生秋露微[②]，轻罗已薄未更衣[③]。
银筝夜久殷勤弄[④]，心怯空房不忍归。

注 释

①此为乐府《杂曲歌辞》。题下原有二诗，此为其二，咏闺怨。有题此首为王涯作，第一首为张仲素作。今检《王右丞集》无此诗。其他唐诗选本均属王涯作。

②桂魄：指月亮。据《酉阳杂俎》载，月中桂树高五百丈，故常将月与桂联系起来。

③轻罗：轻薄的丝织衣服。更衣：指换上厚暖的衣服。

④弄：弹奏。

长信怨[①]

王昌龄

奉帚平明金殿开[②]，暂将团扇共徘徊[③]。
玉颜不及寒鸦色，犹带昭阳日影来[④]。

注 释

①此题又作《长信秋词》，原有五首，此其三，写宫怨。长信怨：乐府《相和歌·楚调曲》。据《汉书》记载，班婕妤入宫后，深得汉成帝宠爱，但后因赵飞燕而失宠。婕妤害怕赵飞燕加害，请求到长信宫供养太后。

②奉帚：执帚洒扫。据《汉书·外戚传》载，班婕妤在长信宫

作赋自伤，有“共洒扫于帷幄兮，永终死以为期”句。平明：天刚亮。金殿：指长信宫。

③团扇：相传班婕妤作《团扇诗》，有“弃捐箧笥中，恩情中道绝”句，以团扇比喻自己失宠被弃。

④“玉颜”二句：意谓寒鸦从昭阳宫飞来，还带着太阳的光彩，而自己失宠憔悴，比不上寒鸦的颜色。玉颜，指班婕妤之容颜。昭阳，昭阳宫，为赵飞燕之妹赵合德所居，亦受汉成帝宠爱。日影，指阳光，又暗喻皇帝的恩幸。

清平调[1]三首

李　白

其　一

云想衣裳花想容[2]，春风拂槛露华浓[3]。

若非群玉山头见，会向瑶台月下逢[4]。

注释

①清平调：此为乐府曲牌名，为李白所创。又作《清平调辞》。此首以花暗喻人，写杨贵妃如仙之美。

②云想衣裳花想容：云彩想变作她的衣裳，花朵想变作她的容颜，极喻杨贵妃之美。

③露华：带露之花。

④“若非”两句：赞美杨贵妃的美貌，只有在天上仙界中才会见到。群玉山，据《山海经》说，群玉之山为西王母所居之处。会，终应。瑶台，据《拾遗记》说，昆仑山有瑶台，为西王母之宫。

其　二[①]

一枝红艳露凝香，云雨巫山枉断肠[②]。
借问汉宫谁得似[③]，可怜飞燕倚新妆[④]。

注　释

①此首以巫山、神女和汉宫飞燕衬托杨贵妃之美。

②“一支”二句：意谓楚王神女巫山云雨的传说终是虚幻，真比不上杨贵妃受唐玄宗的宠爱，如牡丹花承雨露滋润，让人羡慕。

③借问：请问。

④可怜：可爱。飞燕：指赵飞燕。她初为宫女，因貌美，能歌善舞，为汉成帝所宠爱，后立为皇后。倚：依靠。

其　三[①]

名花倾国两相欢[②]，常得君王带笑看。
解释春风无限恨[③]，沉香亭北倚栏杆[④]。

注　释

①此首写沉香亭唐玄宗与杨贵妃赏花情景。

②名花：指牡丹花。唐朝贵族特别看重牡丹。白居易《买花》：“一丛深色花，十户中人赋。”倾国：指杨贵妃。《汉书·外戚传》引《李延年歌》：“北方有佳人，绝世而独立。一顾倾人城，再顾倾人国。”

③解释春风无限恨：君王所爱的名花和美人，能释解心中所有的愁闷怅恨，使之心情舒畅。解释，消释。

④沉香亭：在唐兴庆宫图龙池东。

出　塞[①]

王之涣

黄河远上白云间[②]，一片孤城万仞山[③]。
羌笛何须怨杨柳[④]，春风不度玉门关[⑤]。

注释

①题又作《凉州词》。此为写戍边将士思乡之情的边塞诗。

②黄河远上：又有作“黄沙直上”。

③万仞：形容极高。仞，古代八尺为一仞。

④羌笛：据说笛子出于西羌，故称羌笛。杨柳：笛子古曲中有《折杨柳枝》，词曰：“上马不捉鞭，反拗杨柳枝。下马吹横笛，愁杀行客儿。”由于古人有临别折柳送行的习俗，故《折杨柳技》曲也成为怀乡怨别的曲调。

⑤玉门关：故址在今甘肃敦煌西，为古时通西域要道。

金缕衣[1]

杜秋娘

劝君莫惜金缕衣，劝君惜取少年时。
花开堪折直须折[2]，莫待无花空折枝。

注释

①题又作《劝少年》。此诗主旨颇有歧解，或解为劝人惜取光阴，或解为及时行乐，或解为妓家以花柳自比。此诗词气明爽，令人百读不厌。金缕衣：唐教坊曲调名，《乐府诗集》编入《近代曲辞》。

②直须：就须。